Jo Lendle

Was wir Liebe nennen

Jo Lendle

Was wir Liebe nennen

Roman

Deutsche Verlags-Anstalt

Du hast mich verführt,
und ich habe mich verführen lassen.

JEREMIA 20,7

Was wir Liebe nennen, ist anfangs nur ein Zittern. Ein Schauer, den wir kaum bemerken, der uns nicht frieren lässt, aber daran erinnert, beizeiten nach etwas zu suchen, das uns wärmt. Irgendetwas gerät aus der Ruhe, ein winziges Teilchen nur, wie man es vom Schütteln alter Uhren kennt. Zwischen den Schulterblättern löst es sich und treibt, weil es leichter ist als wir, langsam den Nacken hinauf.

Endlich gerät es in ein kleines Organ, das wir Hippocampus nennen, weil es aussieht wie ein Pferd. Oder wie eine Mischung aus Pferd und Monster. Hier entsteht die Erinnerung. Immerfort bilden sich neue Nerven, und auf einmal glauben wir, den anderen längst zu kennen. Schon immer, so vertraut fühlt er sich an. Wir verlieben uns in das, was uns ähnelt.

Dann erst kommt alles andere, der Rausch, die Aufregung, das Glück. Auf einmal ist kein Hunger mehr, kein Schmerz und kein Schlaf. Was wir Liebe nennen, lässt alle auf uns los: Dopamin, Endorphin, Adrenalin. Wir atmen, wir schwitzen. Wir dampfen Lockstoffe aus. Die Alten glaubten an einen Pfeil im Herzen, und man bekommt ihn nicht wieder heraus.

Was wir Liebe nennen, ist zu viel und zu wenig. Es ist Mangel und Fülle, Ungenügen und Überfluss, auch wenn die Sehnsucht beim besten Willen nicht weiß, woran hier Überfluss bestehen soll, außer an der Liebe selbst. Nur was uns fehlt, wissen wir immer.

1

Morgens um drei durch Osnabrück zu laufen war wie ein Spaziergang durchs Universum kurz vor dem Urknall. Alles war ganz eins mit sich, ganz dicht und bewegungslos. Kein Laut ringsherum, kein Wort. Es gab nichts als die Neugier, von welcher Seite Gott die Bühne betreten würde, um das Licht von der Finsternis zu scheiden, den Himmel von der Erde, die Frau vom Mann. Bislang jedoch war, so weit das Auge reichte, von Gott nichts zu sehen.

Lambert nahm die Tasche auf die andere Schulter. Er war nicht in Eile. Die dunklen Häuser, die Bäume am Straßenrand, sogar das Stoppschild an der Kreuzung vor ihm wirkten noch lebloser als am Tage. Es sah nicht aus, als würden sie schlafen. Es sah aus, als wären sie nicht einmal geboren. Noch war alles möglich.

Er lief bis zum Ortsausgang, wo nach einer Viertelstunde der erste Wagen kam und hielt, ein altes Molkereifahrzeug, das auf dem Seitenstreifen ausrollte. Lambert lief hinterher, bekam die Beifahrertür kaum auf und fragte außer Atem, ob er ein Stück mitfahren könne, zum Flughafen. Aber der dicke Fahrer winkte ihn einfach herein, ihm werde die Milch ja sauer bei dem Geschwätz.

Lambert zog sich hoch in die Kabine. Der Fahrer nickte ihm zu und klopfte mit der Hand auf den Beifahrersitz. Ein rundes Gesicht, sein Seitenscheitel legte sich flach über die Stirn wie die kalte Flosse eines Seehunds.

Lambert schnallte sich nicht an. Kurz fielen ihm, als er ins Polster des Sitzes sank, die Lider zu, er hörte das Geräusch des startenden Motors und spürte, wie der Wagen anfuhr. Wenn er ehrlich war, hatte er seit Jahren nicht mehr darüber nachgedacht, woher die Milch kam. Als Junge war er zu Besuch auf einem Bauernhof gewesen, hatte gewartet, bis er allein im Pferdestall war, und dann einer Stute an die Zitzen gefasst. Sein Schreck darüber, dass sie warm waren. Er hatte versucht, Milch herauszubekommen und an den haarigen Zipfeln gezogen, bis das Tier auf einmal den Kopf gedreht und ihn mit seinen nassen Augen so fragend angesehen hatte, dass er von Scham überwältigt aus dem Stall gelaufen war.

Erstaunlich, dass man Milch noch immer im Molkereiwagen durch die Gegend fuhr, dass sie nicht längst eine zeitgemäßere Lösung gefunden hatten, ein Röhrensystem oder irgendetwas Digitales. Lambert schlug die Augen auf und sah hinaus in die Nacht. Ihm konnte nichts geschehen.

Die leere Straße war ein Teil der Felder ringsherum, nicht weniger still, nicht weniger flach. Ein Teil der Natur, im selben Schwarz wie die Wiesen und Sümpfe, durch die sie fuhren. Keine Sterne, der Himmel verhangen wie immer. Das einzig Helle war die Doppelzunge der Scheinwerfer, die vor ihnen über die Fahrbahn strich. Und die Anzeige des Radios. Auf Mittelwelle sang jemand vom Orbit. Dies also war Lambert auf großer Fahrt. Noch immer wusste er nicht, ob die Nadelstreifen seines neuen Anzugs angemessen waren, für gestern, für heute. Hier im Dämmerlicht leuchteten sie nur schwach, ein trügerischer, quecksilbriger Glanz. Am Rückspiegel baumelte ein Duftbaum im Takt der Musik. *Wildapfel.*

Manchmal brummte der Fahrer auf, es war nicht zu erkennen, ob er das Lied begleitete oder einfach vor sich hin grummelte. Vielleicht schnarchte er auch. Lambert wollte es nicht hoffen. Wie lange würde es dauern, auf diese Weise die Erde zu umkreisen?

Plötzlich legte der Fahrer seine Hand auf Lamberts Oberschenkel. Der Moment, als nur diese Hand zu sehen war, knöchrig und alt auf dem schwarzen Stoff der Hose, und Lambert einfach nicht verstand, was sie auf seinem Bein zu suchen hatte. Dann griff er neben die Sitzbank und zog die Handbremse bis zum Anschlag. Der Wagen schlingerte, sie hielten mitten auf der Fahrbahn.

Beim Hinausspringen stellte Lambert sich vor, den Mann seinen Duftbaum fressen zu lassen, mit der gleichen Selbstverständlichkeit, mit der der Alte ihn angefasst hatte. Aber er verabscheute Gewalt. Stattdessen zeigte sich, dass der Verschluss des Milchtanks nicht gesichert war. Eine halbe Stunde lang folgte Lambert dem weiß gesprenkelten Streifen auf der Fahrbahn, der in der Dunkelheit strahlte. Dann sprang er über die Leitplanke und lief das letzte Stück zum Flughafen über die Wiesen. Er lag gut in der Zeit.

Er hatte Andrea nicht mehr geweckt, aber er hatte ihr einen Zettel hingelegt. *Melde mich, wenn ich dort bin. Ich liebe dich. Lambert.* Auf der Herrentoilette hinter der Abfertigung warf er sich etwas Wasser ins Gesicht und betrachtete dann im Spiegel den seltsamen Menschen, der er war. Woran dachte der in seinem Anzug? Schaute er betreten oder verstört? Und was war das für eine Reise, die er hier unternahm? Andrea hatte ihm vorgeschlagen, die Sache angesichts der Umstände einfach abzusagen, aber im Absagen war er nicht gut. Er nahm es als dreitägige Auszeit aus seinem Leben, wofür auch immer.

Beim Betreten des Flugzeugs gab es ein Missverständnis mit der Stewardess, die einen Fächer Zeitungen vor sich hielt wie eine Losverkäuferin. Lambert griff blind hinein und erwischte den

Devoir, was sie veranlasste, ihn auf Französisch zu begrüßen. Er winkte ab, hielt dabei aber die Zeitung schon in der Hand. Sie verstand sein Wedeln als Zeichen, dass er sich doch dagegen entschieden habe, und nahm ihm das Blatt wieder ab. Das Ganze aufzuklären war Lambert zu mühsam.

Sah man ihm nicht an, woher er kam, wohin er gehörte? Sein Fensterplatz war in der ersten Reihe Economy, daneben saßen bereits eine Frau und ein Kind, die sich über ihre Bordkarten beugten. Sie erhoben sich gleichzeitig, um ihn zu seinem Sitz zu lassen, wie Zuschauer in einem Theater. Die Stewardess ging durch den Gang, diesmal hatte sie statt Zeitungen für jeden einen Fragebogen dabei, zum Ausfüllen während des Fluges. Lambert konnte sich nicht erinnern, sich jemals so frei gefühlt zu haben, was besser klang, als es sich anfühlte. Er hatte keine Ahnung, was ihn erwartete.

Nachdem sie die Passagiere mit den Sicherheitsbestimmungen vertraut gemacht hatte, schälte sich die Stewardess aus ihrer neonfarbenen Schwimmweste und klappte den Personalsitz von der Wand. Ihr Lächeln behielt sie bei, während sie mit den Armen unter die Gurte zu schlüpfen versuchte, und weil sie nun einmal gerade in Lamberts Richtung schaute, galt das Lächeln ihm. Da erst fiel ihm auf, dass er sie die ganze Zeit über angestarrt hatte.

Als Lambert den Blick senkte, entdeckte er einen hellen Fleck auf seiner neuen Anzughose, offenbar eine Spur eingetrockneter Milch von dem Molkereifahrzeug. Er schaute sich um, aber niemand sah zu ihm. Mit etwas Spucke rieb er sich über die Hose, bis der Fleck verschwunden war. Aber sobald der Speichel trocknete, zeigte sich der Umriss von Neuem. Und außer dem Anzug hatte er nichts dabei. Lambert legte das Blatt mit dem Fragebogen darüber. Es war immer gut, einen Trick parat zu haben.

Ist die Rückkehr in Ihr Heimatland gesichert? Dient Ihre Reise einem anderen Zweck als dem Vergnügen? Könnten Sie durch Ihre Einreise die physische oder psychische Gesundheit kanadischer Staatsbürger gefährden? Was machen Sie beruflich? Verfügen Sie über ausreichende Mittel, um alle denkbaren Kosten Ihres Aufenthalts zu decken? Planen Sie die Ausübung von Verbrechen gegen die Menschlichkeit?

2

»Ich kann auch nicht zaubern.«

»Sollst du aber. Gibt es wirklich keine Pferde mehr?«

»Tut mir leid, Pferde sind alle.«

»Aber ich wünsche es mir.«

Lambert schaute aus dem Fenster, um nicht lachen zu müssen. In der Scheibe sah er noch immer die Stewardess, als winziges Spiegelbild. Sie erhob sich seufzend und strich ihren Rock glatt, wie nach einem kleinen Abenteuer. Dann stand sie vor dem Kind und schüttelte den Kopf. Die Spiegelung verzerrte ihr Bild, was sie dicklich aussehen ließ. Lambert wünschte ihr, sie würde sich niemals so sehen.

Hinter dem Kabinenfenster war noch immer Nacht, aber der Himmel hatte bereits einen blauen Rand. Unter ihnen die Lichter eines Dorfes, eine Reihe langsam vorwärtsgleitender Scheinwerfer. Am Horizont erste Spuren von Dämmerung. Sie waren eben erst gestartet.

Lambert drehte sich zurück ins elektrische Licht der Maschine. Er zwinkerte der Stewardess zu. Sie zwinkerte zurück. Dann seufzte sie, zog das

Halstuch zurecht und hockte sich wieder hin, eine Hand an der Schachtel mit dem Spielzeug, um zu zeigen, dass es nun genug sei. Das Mädchen ließ sich nicht davon beirren. Vornübergebeugt saß die Kleine neben ihm, fixierte mit beiden Ellenbogen die riesige Schachtel auf ihrem Schoß, während sie weiter in den Spielsachen kramte, unentschieden, welches sie wählen sollte. Eines nach dem anderen nahm sie in die Hand, betrachtete es ausführlich und legte es dann zurück.

Lambert stieß sie an und streifte seine Ärmel hoch, aus Gewohnheit. Als das Mädchen aufschaute, zeigte er ihr seine Handflächen. Sie waren leer. Dann begann er sich langsam die Hände zu reiben, von allen Seiten. Das Mädchen sah darauf wie auf zwei kleine fremde Wesen, die miteinander kämpften. Die Unterlippe hatte sie vorgeschoben, offenbar fühlte sie sich gestört. Gerade als sie sich wieder der Spielzeugkiste zuwenden wollte, fuhr Lamberts rechte Hand in die Luft und schnappte zu.

Er hatte tatsächlich etwas gefangen. Weiß blitzte es zwischen seinen Fingern. Das Mädchen schaute verblüfft, dann griff es nach der Hand, um nachzusehen, was darin war, aber Lambert gab seine Beute nicht preis. Einzeln bog das Mädchen ihm die Finger auf, bis er sich geschlagen gab.

Auf seiner Handfläche lag ein kleines weißes Pferd. Aus Plastik, mit einem Kettchen im Maul. Lambert überreichte es ihr. Das Mädchen sah ihn an, als sie das Pferd in die Hand nahm, verblüfft, begeistert und mit einem Funken Furcht.

Er stellte sich vor, und sie reichte ihm die freie linke Hand. Sie heiße Alexandra, aber er dürfe sie Sascha nennen. Lambert nickte. Er hoffte, dass Sascha sich an dem Aufdruck nicht störte, der sich in schwarzer Schrift über die Flanke des Pferdes zog: BESTATTUNGEN SCHIMMEL. Es war ein Schlüsselanhänger, ein Werbegeschenk. Er hatte es am Vortag überreicht bekommen und einfach in die Hosentasche gesteckt, als Erinnerung. Er hatte nicht vor, die Dienste des Instituts so bald wieder in Anspruch zu nehmen.

Der Kapitän kündigte leichte Turbulenzen an. Die eben erst erloschenen Anschnallzeichen leuchteten auf. Nur die Stewardess ließ sich in ihren Vorbereitungen für die Ausgabe des Frühstücks nicht unterbrechen.

Die Frau auf dem Gangplatz neben Sascha schlug ihr Buch zu. Ob sie einmal sehen dürfe. Das Mädchen hielt ihr das Pferd hin.

Über das Tier hinweg schaute die Frau ihn an. Blonde, ein wenig zusammengekniffene Augenbrauen, Hochsteckfrisur.

»Wo haben Sie das denn her?«

»Mein Vater wurde gestern beerdigt.«

»Das tut mir leid.«

Er nickte. Sascha ließ ihr neues Pferd die Gegend erkunden: Quer über ihren Schoß durfte es galoppieren, den einen Oberschenkel herauf, den anderen wieder hinunter. Am Ende machte es kurz Rast, schaute zur Seite und beugte sich dann vor, um ein wenig an Lamberts Knie zu grasen.

Es war das erste Mal, dass er nach Nordamerika flog. Es war, wenn er ehrlich war, sein erster Flug überhaupt. Nicht dass er dem Fliegen aus dem Weg gegangen wäre, es hatte sich einfach nie ergeben. Schon als Kinder waren sie niemals weiter gefahren, als man ohne Rast mit dem Auto bewältigte. Einmal hatte die Autobahn sie an einem Flughafen vorbeigeführt, und ein startendes Flugzeug war langsam über sie hinweggeschwebt. Das Bild seines Vaters, wie er sich am Steuer des Wagens unter dem riesigen Schatten duckte.

Draußen war es inzwischen heller geworden. Lambert wunderte sich, wie ruhig er war. Den Fensterplatz hatte er sich vorsorglich geben lassen, er hielt sich an den Dingen fest, die am Boden zu sehen waren: das Muster der Landschaft, Felder, Äcker, Ortschaften, ein Wald. Alles noch im Dämmer und unbestimmt wie die Flügelzeichnung einer Motte. Wo vom letzten Regen noch Wasser stand, zeigten sich verwaschene Flecken, die aussahen wie Schimmelpilze, sie griffen über die Grenzen der Felder hinaus, als schlummerte unter der Oberfläche eine andere, verborgene Aufteilung der Welt. Hier und da ein See, auch nicht unregelmäßiger geformt als die Dörfer. Dazwischen einzelne Linien, die er für Flüsse hielt, dabei hätten es ebenso gut Straßen sein können.

Von hier oben verstand er, wie es für Andrea gewesen sein musste. Beim Wandern im Sommer hatten sie sich über die Karte gebeugt, jeder von seiner Seite, und Lambert hatte so lange die Landschaft der Zeichnung mit der Landschaft verglichen, in der sie standen, bis er wusste, wo es weiterging. Nur Andrea fand sich nicht zurecht. Sie drehte die Karte in alle Richtungen und stellte absurde Vermutungen über ihren Aufenthaltsort an. Sie nahm das Bild als etwas eigenes, nicht als Stellvertreter, ihr fehlte der Blick für Höhenlinien. Irgendwann hatte er die Karte einfach zusammengefaltet und ihr einen Kuss auf die Stirn gegeben. Was das denn jetzt solle, hatte Andrea gefragt, und es war zum Streit gekommen, weil sie sich wie ein Kind behandelt fühlte. Sie beruhigte sich erst wieder, als Lambert beteuerte, sie aus einem Überschwang von Zuneigung geküsst zu haben. Dabei hatte sie recht, manchmal benahm sie sich kindisch.

Jetzt, hier, in seinem Sitz unter der noch immer nicht erloschenen Aufforderung, den Sicherheitsgurt anzulegen, versuchte Lambert sich einzureden, er fliege über eine Landkarte. Aus der Luft jedenfalls wirkten die Konturen klar und schön, ganz wie im Atlas, nur durfte man den Blick nicht heben, wo sich im Westen der Horizont zu wölben begann. Kaum Dunst und darüber der offene Himmel, mit letzten Schattenrändern der Nacht. Das war beim besten Willen nicht der Rand einer Karte.

Verblüfft stellte Lambert fest, weniger Angst zu haben als erwartet, er war eher erregt, gespannt darauf, was es zu erleben gab, und womöglich nicht einmal wegen des Fliegens. Die Vorfreude, das Lampenfieber, dazu die Aufregung der vergangenen Tage, die Verwandtschaft mit all den Großonkeln und -tanten, von denen er die meisten niemals zuvor gesehen hatte. Das Hinausschieben der Erschöpfung und wie er sich endlich eingestehen musste, längst heillos am Ende zu sein. Am offenen Grab, als die Schlange der Kondolierenden kein Ende nehmen wollte, hatte ihn der Wunsch übermannt, sich einfach zu seinem Vater zu legen.

Es dauerte eine Weile, bis er merkte, warum es ihn am Knie kitzelte. Noch immer das Pferd.

Hätte das Mädchen nicht gefragt, ob er weine, Lambert hätte es wohl nicht einmal gemerkt. Er wischte sich den Augenwinkel und schüttelte den Kopf. Sie hielt ihm die Hand hin. Lambert zog die Nase hoch und schlug ein. Etwas Festes steckte zwischen ihren Handflächen, es stach ihm in die Haut. Das Pferd. Er ließ es in seiner Faust verschwinden, niemand hatte die Übergabe gesehen.

3

»Lambert?«

Er schreckte auf. Die Stewardess stand neben ihm und strahlte ihn an.

Lambert hatte nichts gegen Menschen, nicht prinzipiell. Aber er wusste gerne, woran er war. »Woher kennen Sie meinen Namen?«

»Ich kann hellsehen.« Wieder zwinkerte sie ihm zu und tippte auf den Computerausdruck auf ihrem Wägelchen. »Sie sind die Laktoseunverträglichkeit.«

Bevor er antworten konnte, reichte ihm die Stewardess ein Tablett und klappte sein Tischchen herunter. Lambert konnte sich beim besten Willen nicht erinnern, warum er laktosefreies Essen bestellt haben sollte, aber dann fiel ihm ein, dass er beim Abschicken der Buchung ein komisches Gefühl gehabt hatte, als sei er in etwas hineingeraten, wohin er nicht gehörte.

Nachdem alle drei Tee in ihren Plastikbechern hatten, bestand Sascha darauf, miteinander anzustoßen. Saschas Mutter hieß Viola. Ihr Ziel sei Chicoutimi. Auch beim dritten Versuch gelang es Lambert nicht, den Namen auszusprechen.

»Was ist das? Ein Kaugummi?«

»Eine Stadt. Fünf Stunden nördlich von Montreal. Wir wohnen dort.«

»Sorry. Nicht so gemeint.«

»Schon gut. Es ist ein Indianername: *Bis wo das Wasser tief ist.* Der Ort liegt am oberen Ende eines Sees.«

»Und was macht man in diesem ... Chico?«

»Flugsicherheit. Wir überwachen den gesamten Nordatlantik. Überwachen klingt vielleicht etwas gewaltig, wir koordinieren die Daten.«

»Dann sind wir hier oben ja sicher.«

Sie verzog den Mund. Auch bei ihr stand die Unterlippe ein wenig vor, was seltsam aussah, aber, wie Lambert zugeben musste, einladend wirkte.

Sie seien in Münster gewesen, schaltete Sascha sich ein, um ihrem Großvater zu sagen, dass er noch einmal Großvater werde. Danach hätten sie einen Pferdehof besucht. Sascha erinnerte sich an jedes einzelne Tier und wusste von jedem den Namen. Lambert fragte nicht, warum der Großvater noch einmal Großvater wurde, und verkniff sich auch die Frage, ob sie am Flughafen erwartet wurden. Sie fragten ja auch nicht, ob ihn jemand zum Abflug begleitet hatte.

Und er? Fahre direkt nach Montreal, eine Einladung. Zu einem Auftritt. Ein Auftritt? Ach, Kleinkunst.

Der Druck auf seinen Ohren.

Die Sonne ging hinter ihnen auf, manchmal das Aufleuchten und Verlöschen eines einzelnen Dachfensters in der Ferne, wenn sie durch den Lichtstrahl flogen, den es zurückwarf. Unter ihnen nun einige Inseln, die Kontur ihrer Umrisse tatsächlich nicht weniger scharf gezeichnet als auf einem Messtischblatt. Lambert fiel ein, dass Küstenlinien länger wurden, je näher man sie betrachtete, maßlos, endlos, unentrinnbar, und vielleicht galt das für alles andere auch.

Dann waren sie darüber hinweg, über offener See, und gleich fehlte die Orientierung. Erst noch die Schiffe, aber in welche Richtung waren sie unterwegs? Bald nichts weiter als die unruhige Fläche des Meeres, und nicht einmal Gischt.

Die Stewardess stand in dem schmalen Durchgang, den der Vorhang zur Businessclass ließ, die Arme verschränkt, dass man glauben konnte, sie würde sich langweilen. Wieder war das Tonsignal zu hören, das Lambert eben aus seinen Gedanken aufgeschreckt hatte, ein Dreiklang, der nun unablässig wiederholt wurde. Dann meldete sich der Pilot und fragte, ob womöglich einer der Passagiere eine Sicherheitsnadel dabeihabe oder eine Haarnadel, vielleicht eine der Damen? Gelächter aus den Sitzreihen. Lambert nahm eine Bewegung hinter der Stewardess wahr, doch weil ihr Oberkörper den Blick verstellte, war nicht zu sehen, was vor sich ging. Er meinte zu erkennen, dass jemand Stück für Stück die Kabinenwand abriss, aber konnte das sein? War dies etwas, das während eines Transatlantikfluges geschehen sollte?

Die Stewardess drehte sich zur Seite, um selbst sehen zu können, was in ihrem Rücken geschah, und gab dabei für einen Moment den Blick frei auf einen Kerl im schwarzen T-Shirt, einen Schlüsselbund in der Hand, mit dem er ein Stück der Wandverkleidung aus der Halterung löste, um sie dann herunterzuziehen. Der ganze Boden war bereits mit den cremeweißen Plastikstreifen bedeckt. Stränge bunter Elektrokabel liefen kreuz und quer über die Wände, in allen Farben, in alle Richtungen.

Halt!, Halt!, Halt! Irgendwo aus Lamberts Innerem drangen Warnsignale. Ganz offenbar versuchten sie ihm mitzuteilen, dass er sich in einer heillosen Situation befand – in einer weit heilloseren, bedrohlicheren, verwirrenderen, als unter gewöhnlichen Umständen zu tolerieren war. Lamberts Bewusstsein dagegen beschäftigte noch immer allein der Umstand, dass hinter der Flugzeugwand nicht gleich der Himmel begann.

Er hätte es besser wissen können. Mit doppelten Böden kannte er sich aus. Lambert sah sich um: Weder Sascha oder Viola noch einer der anderen Passagiere nahmen von dem Vorfall Notiz. Die Stewardess hatte sich wieder zurückgedreht. Sie verschränkte die Arme unter ihren Brüsten und schaukelte dabei hin und her, als wiegte sie ein Kind. Vielleicht wollte sie sich selbst beruhigen. Hinter ihr war nun ein Zischen zu hören. Im Schlitz zwischen dem Vorhang und ihrer Uniformjacke erkannte Lambert, dass der Mann mittlerweile einen Feuerlöscher in der Hand hielt. Ganz offensichtlich war er im Begriff, die freigelegten Kabelstränge mit Löschschaum zu überziehen. Immer neue Ströme von Schaum quollen hervor und legten sich Schicht um Schicht auf die Kabel, bis die Wand so weiß war wie zuvor oder sogar noch etwas weißer.

4

Lambert biss sich auf den Zeigefinger, dass es kaum mehr auszuhalten war. Vor dem Fenster noch immer die graue See, die rasch näher kam. Lambert dachte an das Wort Sinkflug, um nicht an Absturz denken zu müssen. Mit dem einen hatte er so wenig Erfahrung wie mit dem anderen. Abgesehen von der eigentlichen Angst störte ihn das Gefühl des Ausgeliefertseins. Er hatte die Dinge gern unter Kontrolle. Lambert begann aufzuzählen, wer ihn vermissen würde. Als er bei Andrea war, legte Sascha ihm die Hand auf den Arm. »Alles klar? Ist was?« Lambert nickte ihr zu.

Wieder räusperte sich der Pilot. Seine Stimme klang noch immer entsetzlich vergnügt, doch Lambert meinte zu hören, dass die Sorge dem Vergnügen schon auf den Fersen war. In der Businessclass habe es einige Rauchwolken gegeben, *a few puffs of smoke,* womöglich ein Kurzschluss, und auf einmal konnte Lambert es riechen, den Geruch verschmorter Bremsgummis, aber hatten Flugzeuge Bremsen?

Die Unruhe griff rasch um sich, eilig sammelte die Stewardess die Frühstückstabletts ein. Weiter hinten begann ein Baby zu weinen, irgendwo sang jemand mit brüchiger Stimme ein Schlaflied.

Viola hatte den Arm um Sascha gelegt, ihre Hand stieß gegen Lamberts Schulter. Er hätte sie ebenfalls gerne umarmt, beide, aber er wusste nicht, ob es ihnen recht war. Lambert beugte sich zu Sascha hinunter und sagte, wie leid ihm das alles tue, dann brach er ab, weil es für Nachrufe womöglich noch nicht an der Zeit war. Aber wann, wenn nicht jetzt? Sascha schob wieder die Unterlippe vor. Lambert fragte sich, ob Violas nächstes Kind wohl auch diesen Gesichtsausdruck haben würde. Wenn es je auf die Welt kam.

»Und niemand weiß, was mit uns ist«, sagte Sascha.

Erneut meldete sich der Kapitän und kündigte an, eine Notlandung durchzuführen. *On Shannon Island.* Lambert hatte von einer Insel dieses Namens noch nie gehört. Er stellte sie sich klein vor. Ein paar unwirtliche Felsen im Nordatlantik, eine kurze Landebahn. Regen. Versprengte Schafe.

Vor dem Fenster dagegen war von einer Insel nichts zu erkennen. Direkt unter ihnen das Meer. Das Wasser sah kalt aus, in der gleichen Farblosigkeit wie der Himmel. Lambert versuchte sich die Instruktionen der Stewardess in Erinnerung zu rufen, die Leuchtpfeile am Boden, die Notausgänge, die Rutsche. Er durfte nicht vergessen, die

Schwimmweste erst nach Verlassen der Kabine aufzublasen. Schon meinte er die kalte Luft zu spüren, schon sah er sich im Wasser, zwischen den anderen. Vereinzelte orangefarbene Punkte. An den Schwimmwesten befestigt die Notfallpfeifen, in die sie manchmal blasen müssten. Ein schrilles, verhallendes Konzert, wer könnte es hören? Abends würden sie die kleinen Signallämpchen entzünden, jeder für sich. Ein Meer aus Lichtern, das langsam auseinandertrieb.

Die Geschwindigkeit solcher Gedanken, die viel schneller waren als alles andere und nicht zu stoppen. Immerzu sprangen die Vorstellungen hin und her, während das Flugzeug mit erstaunlicher Ruhe weiterflog. Lambert löste den Blick nicht mehr von der riesigen Turbine vor seinem Fenster.

Sascha krallte ihre Hand in seinen Arm.

Endlich erreichten sie eine Küste, überflogen den Strand, Felsen, brach liegende Felder. Warum gingen sie nirgendwo runter, da war doch festes Land, und viel größer als erwartet. So schlimm konnte es nicht um sie stehen. Wie dicht über dem Boden sie flogen. Direkt unter seinem Fenster erkannte Lambert einige Häuser, eine Frau ging mit ihrem Hund und sah zu ihnen herauf. Der Schatten des Flugzeugs zog über sie hinweg. Lambert verlor sie aus den Augen.

Die Wiesen von einem leuchtenden Grün, was war das nur für eine paradiesische Insel? Lambert löste die Hand von der Armlehne, ein nasser Fleck blieb zurück.

Es war jetzt ganz ruhig geworden. Alle sahen aus den Fenstern, und niemand schien mehr zu atmen. Selbst die Kinder waren still. Über die Bordlautsprecher zählte der Pilot die verbleibenden Minuten herunter, es waren viel zu viele. Jedes Dorf, das sie hinter sich ließen, entging einem schlimmen Schicksal. Endlich der Flughafen, die Miniaturwagen der Feuerwehr mit kreisendem Blaulicht, winzige Gestalten liefen herum und entrollten zwirndünne Schläuche. Wie sollten diese Zwerge sie retten? Beim Niedergehen der Eindruck, ihr Flugzeug bleibe direkt über der Landebahn stehen, noch in der Schwebe.

Sie setzten auf. Das Rütteln, der abrupte Verlust an Geschwindigkeit. Jetzt war es Lambert, der seine Finger in Saschas Handgelenk krallte, auf der anderen Seite machte Viola dasselbe. Als wollten sie sie an den Armen in die Luft fliegen lassen, dabei wollten sie doch alle nur zurück auf den Boden.

Niemand durfte, als sie endlich zum Stehen gekommen waren, seinen Sitz verlassen. Die Stewardess befestigte den Vorhang an der Seitenwand, die wenigen Passagiere der Businessclass saßen eng aneinandergedrängt in den ersten Reihen. Um sie herum ein Meer aus Löschschaum, Taschen, Mänteln und den mintgrünen Wolldecken der Fluggesellschaft. Die Kabinentür wurde geöffnet, ein Feuerwehrmann stürmte herein, mit Gasmaske, in voller Montur, hinter ihm kam ein zweiter und immer weitere. Sie verteilten sich im Flugzeug und schauten stumm umher, dann nahm der erste seine Maske ab und strich sich mit einem riesigen Handschuh die Haare aus der Stirn. Als hätte es auf dieses Zeichen gewartet, begann von hinten das Baby wieder zu schreien.

Lambert war bei der Landung Saschas Pferd aus der Hand gerutscht, er sah es im Durchgang zur Businessclass liegen, aber sein Arm war nicht lang genug. Beim Hereinstürmen der Feuerwehrmänner hatte er bereits das Schlimmste befürchtet, doch jeder ihrer Schritte traf auf wunderbare Weise gerade neben die Figur, mit der Sicherheit eines Messerwerfers. Ein Feuerwehrmann nach dem anderen verließ nun die Maschine, den Helm unter dem Arm. Nur einer kehrte am Ende zurück, um einen letzten Blick über die Sitzreihen zu werfen. Sein Fuß landete auf dem Pferd, er merkte es nicht einmal. Auf der Stiefelspitze machte er kehrt und lief seinen Kameraden hinterher.

Lambert hörte ein kleines Krächzen aus Saschas Sitz. Die Anschnallzeichen erloschen, sie löste den Gurt und sprang hin, um ihr Spielzeug aufzuheben. Das Pferd war nicht mehr zu gebrauchen. Es blieb das einzige Opfer.

Zu Fuß gingen sie über das Rollfeld. An dem kleinen Terminal prangte der Schriftzug SHANNON IRELAND. Hier also waren sie. Ein überwältigendes Gefühl von Rettung bei jedem Schritt. Als wäre alles, was ihnen von nun an widerfuhr, ein Kinderspiel gegen die Angst, der sie entkommen waren.

5

Das Przewalski-Pferd hat als einziges Wildpferd seine Entdeckung durch den Menschen überlebt. Als Nikolai Michailowitsch Przewalski das Tier mit der auffälligen Stehmähne zum ersten Mal sah, am Rande der Wüste Gobi, hatten beide, Pferd und Entdecker, ihre beste Zeit bereits hinter sich. Das war 1878. Nikolai Michailowitsch, ein russischer General und geachteter Geheimagent des Zaren, der auf zahllosen Reisen die unerkundeten Gebiete der Mongolei kartografiert hatte, um mögliche Aufmarschwege für die Invasion Indiens und des Empire zu erkunden, verstarb bald nach der Begegnung. Bleibenden Nachruhm stifteten weder seine tagein, tagaus angestellten magnetischen Messungen noch die umfangreiche mineralogische Sammlung – sondern ausgerechnet das Pferd, das fortan nach ihm hieß.

Doch auch mit dem Tier ging es bergab. Von kirgisischen Jägern des Fleisches wegen geschossen, verringerte sich seine Zahl rasch, bis es in freier Wildbahn schließlich nicht mehr zu finden war.

Schon kurz nach Przewalskis Entdeckung jedoch hatte sich Friedrich von Falz-Fein einen

Hengst und zwei Stuten auf sein Gut in der Ukraine bringen lassen. Zudem hatte der Hamburger Tierhändler Carl Hagenbeck eine Expedition unternommen, um einige Exemplare zu fangen. Von den wenigen Pferden, die Transport, Eingewöhnung sowie die Auszehrungen der Weltkriege überlebten, stammten alle späteren Nachkommen ab.

Also auch die in der Kiste. Felicitas Touchburn versuchte einen Blick durch die Belüftungsluke an der Oberseite der Holzbox zu werfen, aber sie reichte nur gerade bis über die Kante. Felicitas schnalzte mit der Zunge und machte leise »Ho, ho«, wie sie es immer tat, wenn sie die Aufmerksamkeit eines Tieres gewinnen wollte, aber nichts rührte sich. Sie rüttelte am Deckel der Kiste. Er bewegte sich kein Stück. Ungeduldig sah sie sich nach etwas um, womit sich die Bretter aufhebeln ließen. Die halbleere Halle, über das Rolltor gepinselt AIR CARGO MONTREAL, überall standen die bunten Frachtboxen der Kuriergesellschaften herum wie viel zu leicht versteckte Ostereier. Nichts, das als Hebel taugte. In einer Ecke stand, die Räder in Planen verschnürt, der Traktor, auf dessen Fahrersitz sie vorhin den mitgebrachten Salat gegessen hatte. Sie holte ihre Gabel heraus und leckte den Rest der Sauce ab. Nach kurzem Kampf gab der Deckel nach.

Fe stellte sich auf die Zehenspitzen. Sie roch die Tiere sofort. Ein Schnauben, ein Schnaufen, dann merkte sie, dass auch sie vor Aufregung schneller atmete. Das Scharren der Hufe, die feuchte, dunkle Wärme, die ihr entgegenschlug. Der Geruch nach Stroh, nach dem Schweiß und dem Unrat der Pferde, nach ihrer Angst. Sie rochen wilder als die Pferde, die Fe kannte.

Es half nichts, sie war nicht groß genug, um wirklich in die Kiste hineinschauen zu können. Also zog sie sich am rauen Holz der Oberkante hinauf – und wurde plötzlich nach hinten gerissen. Ein kleiner Aufschrei, eher Schreck als Schmerz, dann war sie schon auf den Füßen gelandet und stieß gegen eine weiche Wand. Beim Umsehen entpuppte die Wand sich als kleines, dickes Männchen, offenbar ein Inder. Zur Uniform des Flughafens trug er einen violetten Turban und blähte mürrisch die Nasenflügel. Noch immer hielt er ihren Gürtel umklammert.

»Was machen Sie hier?«

»Ich hole die Pferde.« Fe löste sich aus seinem Griff und klopfte ihre Hände ab. »Was reißen Sie mich einfach herunter?«

Die Augen des Mannes waren so schwarz, dass keine Pupillen zu erkennen waren. Vielleicht gab es gar keine.

»Keiner holt hier etwas ohne meine Genehmigung.« Er öffnete seine Kunstledermappe und zog eine Klarsichtfolie mit allerlei Papieren heraus. Den obersten Zettel presste er gegen das Holz der Kiste, tippte mit einem Daumen auf die gestrichelte Linie am Fuße des Blattes und hielt ihr einen Bleistiftstummel hin.

Die Mine drückte sich durch das Papier, als sie ansetzte. Kaum gelang es ihr, den Stift zu lenken, überall führte die Maserung oder ein Splitter sie auf falsche Fährten. Wie fremd ihre Unterschrift aussah. Kindisch, betrunken, verwirrt. Schon klopfte der Mann auf den nächsten Zettel. Ein Blatt nach dem anderen unterzeichnete sie. Was immer es war – Zoll, Quarantäne, Lebend Abfahrt/Lebend Ankunft –, Fe quittierte alles. Endlich stopfte der Mann die Belege zurück in seine Mappe, öffnete mit einem Schlüsselchen das Schloss der Transportkiste und zog schimpfend von dannen.

6

Nach langem Warten bekam jeder von ihnen einen Einkaufsgutschein im Wert von zehn Euro, damit sie sich etwas zu essen holen konnten. Oder damit sie Ruhe gaben, es war erstaunlich, wie schnell die Ersten in der Lage waren, sich über die unterbrochene Reise zu beschweren.

Zusammen mit dem Gutschein erhielt jeder Fluggast ein Papier, das ihn über seine Rechte im Fall eines unvorhergesehenen Ereignisses informierte. Die Auskunft schien auf seine Mitreisenden eine anregende Wirkung zu haben. Lambert dachte darüber nach, ob in seinem bisherigen Leben nicht die meisten Ereignisse unvorhergesehen gewesen waren, aber er mochte sich täuschen. Zumindest erfuhr er nun, was einem in solchen Fällen zustand. Am Fuß des Blattes war eine einzelne Zeile hervorgehoben: *All claims for missing gods must be made within six working days.* Lambert schloss kurz die Augen. Als er die Zeile noch einmal las, stand dort *missing goods.*

Er saß mit Viola und Sascha in den breiten schwarzen Ledersesseln eines Cafés, hinter ihnen das Glasfenster zum Rollfeld, vor ihnen der Trubel der Flughafenhalle. Niemand sagte ein Wort. Es gab einen Schnellimbiss, vor dem sich rasch eine Schlange bildete. Lambert fragte sich, ob für solche Fälle ein Notmenü bereitstand, ein einfaches, sättigendes Gericht, nach der ganzen Aufregung nicht allzu scharf gewürzt, das genau zehn Euro kostete. Er selbst konnte sich beim besten Willen nicht vorstellen, etwas zu essen.

Abgesehen von den an ihren Gutscheinen zu erkennenden Mitreisenden war die Halle voll mit Soldaten. Die Männer trugen helle Wüstenuniform, als läge hier überall Sand. Das Cremeweiß leuchtete im Zwielicht der Halle, als Tarnfarbe war es in dieser Umgebung kaum geeignet. Auf den Ärmeln trug jeder Soldat das Wappen seiner Einheit, einen Löwen, ein Pferd, einen Biber. Es sah aus wie ein Zoo auf Betriebsausflug. Was war ihre Mission?

Auf der Herrentoilette des Flughafens fiel Lambert ein, dass er Kathy, der Organisatorin des morgigen Auftritts, seine Verspätung melden musste. Er schrieb ihr eine kurze Nachricht von seinem Missgeschick. Dann saß er einfach da, stützte sein Kinn auf die Hände und starrte vor sich hin, bewegungslos, gedankenlos. Er hörte die Tür zum Waschraum gehen, jemand öffnete eine der Kabinen neben Lambert, ließ sich stöhnend auf die Klobrille fallen und vollzog dann geräuschvoll sein Geschäft. Anschließend schnäuzte er sich, fluchte leise und verließ endlich die Kabine, wobei er eine kleine Melodie vor sich hin summte. Dem Klimpern nach zu urteilen schloss er seinen Gürtel erst bei den Waschbecken. Der Wasserstrahl rauschte so kurz, dass er kaum seine Hände benetzt haben konnte. Das Summen wurde leiser, der andere löschte das Licht und öffnete die Tür zur Flughafenhalle, kurz war das Stimmengewirr von draußen zu hören, dann fiel sie zu, und Lambert saß in vollkommener Dunkelheit.

Und wenn er so sitzen bliebe? Es dauerte eine Weile, bevor Lambert sich entschließen konnte, aufzustehen. Er malte sich aus, wie ihre Reise weiter verlaufen mochte, er versuchte sich für den Fall seiner irgendwann doch noch glücklichen Ankunft den Ablauf des morgigen Abends vorzustellen, er dachte an seinen Vater und ob er ihm, wenn der Flug anders geendet hätte, wohl irgendwo begegnet wäre. Er stellte sich vor, wie es dort aussehen mochte. Dann erinnerte er sich, wie der andere Mann das Aufstehen geschafft hatte, schnäuzte sich ebenfalls, fluchte leise und erhob sich dann endlich, mit demselben leisen Summen.

Als er sich zum Waschbecken getastet hatte, piepste das Telefon. In der Dunkelheit leuchtete die Nachricht auf dem Display: Er solle so schnell wie möglich umbuchen, sie zählten auf ihn. Selbst die Grußformel *See you, Kathy* klang wie ein Befehl. Ihn hätte ein Wort der Anteilnahme nicht gestört. Konnten sie nicht froh sein, dass er noch am Leben war?

Die Tür öffnete sich erneut, ein Mann kam herein und machte das Licht an, ein schwarzer Soldat, der erstaunt die Augenbrauen hochzog, als er feststellte, dass schon jemand hier war. Er stellte sich neben Lambert an die Waschbecken, öffnete einen tarnfarbenen Kulturbeutel und rührte Rasierschaum an. Auch er trug sein Totem am Ärmel, einen Storch. Lambert blieb einfach neben ihm stehen und ließ sich Wasser über die Hände laufen. Beiläufig fragte er, wohin sie unterwegs seien. »That's confidential, Sir«, sagte der Soldat, während er mit beiden Händen Schaum auf seinem Kopf verteilte. Lambert hätte es sich denken können. An der Tür warf er einen Blick zurück auf den Mann, der eben die Rasierklinge ansetzte und mit einer langsamen Bewegung den ersten Streifen Kopfhaut freilegte.

Es wurde Nachmittag, bevor sich die Stewardess wieder sehen ließ. Zusammen mit ihren beiden Kollegen trat sie auf, im Gänsemarsch, ihre Uniformen hatten sie gegen die hellgrünen Kombinationen der örtlichen Luftfahrtgesellschaft getauscht, was die Sache nicht besser machte. Lambert war schon dankbar, dass keine Tierwappen aufgenäht waren. Die drei hatten einen kleinen Verstärker dabei, den sie in die Mitte der Abflughalle stellten, einer stöpselte ein Mikrofon ein, und dann standen sie nebeneinander wie eine Schülerband beim Abschlusskonzert, während die Stewardess ihren Text aufsagte: Wie sehr die Airline den unglücklichen Vorfall bedauere, dass man sogleich einige Busse requiriert habe, mit denen nun alle Passagiere in ein Hotel gebracht werden würden. Der Weiterflug verzögere sich bis zum nächsten Morgen. Leider. Kam es Lambert nur so vor, oder schwangen die beiden Stewards während der Ansprache tatsächlich kaum wahrnehmbar mit den Hüften?

Die umsitzenden Soldaten hoben angesichts der Darbietung nur kurz ihre Brauen. Lambert überlegte, welche Wendung sein Leben nehmen würde, wenn er mit dem Soldaten im Waschraum die Kleider getauscht hätte. Gab es für ihn ein anderes Leben, an einem Ort, von dem er nicht mehr wusste, als dass er *confidential* war? Welches wäre sein Tier, was seine Mission? Einer nach dem anderen erhoben sich neben ihm die Passagiere und zogen ihre Rollkoffer zum Ausgang. Endlich stand auch Lambert auf und schloss sich ihnen an.

Hinter der gläsernen Schiebetür wartete eine Reihe orangefarbener Schulbusse. Im hintersten entdeckte er Viola und Sascha, die auf der Rückbank Platz gefunden hatten, und setzte sich zu ihnen.

Die letzten Passagiere mussten im Gang stehen. Die Busse verließen das Flughafengelände und fuhren auf eine Autobahn. Im Inneren die Stille zu dicht gedrängter Menschen. Ein Gefühl wie im Fahrstuhl, allerdings horizontal. Lambert hätte zusammen mit ihnen allen sterben können, und jetzt saß er hier, den Kopf ans Fenster gelehnt, und hörte, wie direkt vor ihm einem Mann der Magen knurrte. Die Polster der Sitze waren bedeckt mit Kugelschreiberzeichnungen, die meisten davon obszön, er hoffte, dass Sascha damit noch nichts anfangen konnte. Um sie und sich abzulenken, schlug er vor, Tiere zu zählen. Jeder von ihnen bekam eine Fahrbahnseite zugeschlagen, aber außer Büschen, Bäumen und Brücken gab es draußen nichts zu zählen. Man müsste, dachte Lambert, eine Typologie der Länder anhand der Architektur ihrer Autobahnbrücken entwickeln.

Die einzigen Tiere, die sie schließlich entdeckten, waren Kadaver am Rande der Fahrbahn. Von denen allerdings gab es reichlich. Bis zum Ende der Strecke brachten sie es auf zwölf Igel, sieben mit Ausnahme eines Bussards nicht genauer zu bestimmende Vögel, drei Füchse und ein kleines Reh. Angesichts der Tatsache, dass außer ihrem kleinen Konvoi kaum jemand unterwegs war, eine beachtliche Sammlung. Vielleicht bildete der Autobahnabschnitt eine Art Großherbarium, in dem statt der Flora die einheimische Fauna gepresst wurde. Wenn die Busse gerade keine Notlandungsopfer zu ihren Unterkünften brachten, kutschierten sie wahrscheinlich die Biologiekurse der Umgebung heran.

Das Hotel erwies sich als veritables Resort. Es stellte sich heraus, dass die Anzahl der Zimmer nicht genügte, um jeden Reisenden separat unterzubringen, sodass die Passagiere gebeten wurden, sich nach Möglichkeit in Zweckgemeinschaften zusammenzutun. Bevor Viola und Lambert etwas sagen konnten, hatte Sascha ihre Hände gegriffen und führte sie zu der Stewardess, die die Zimmerschlüssel austeilte. Zum dritten Mal an diesem Tag zwinkerte sie ihm zu.

Als die Koffer aufs Zimmer gebracht waren und Lambert versucht hatte, die Spuren der Milch mit Seife aus seiner Hose zu waschen, schlug Viola vor, noch ein wenig an die Luft zu gehen. Lambert rief über das Geräusch des Föns hinweg, er sei dafür. Sascha war dagegen. Erst der Hinweis auf mögliche Pferde überzeugte sie.

7

Die Sonne war eben untergegangen und ließ den Himmel leuchtend zurück. Über den Horizont zog sich ein schmaler Streifen aus grünem Licht. Die Luft so klar, als hätte es eben geregnet, dabei war alles von einer fast knisternden Trockenheit. Keine Pferde, aber vor dem Eingang stand tatsächlich eine Reihe leerer Kutschen, mit Rosen geschmückt. Offenbar war unterdessen eine Hochzeitsgesellschaft eingetroffen. Sascha klatschte in die Hände, dann müssten doch irgendwo auch Pferde sein. Sie fand eine heruntergefallene Blume und steckte sie ihrer Mutter ins Haar.

Am Hinterrad der letzten Kutsche stand ein Paar, er in Schwarz, sie ganz weiß, der Bräutigam und seine Braut. Vielleicht stritten sie, er presste ihre Schultern gegen die hölzernen Speichen, das erhobene Kinn dicht vor ihrem Gesicht. Es sah aus, als wenn er ihr drohte, seine Hand lag nah an ihrer Gurgel. Beim Näherkommen zeigte sich, dass sie sich küssten.

Sascha blieb stehen, wohl um nach den Pferden zu fragen. Die beiden nahmen keine Notiz von ihr, und Viola zog ihre Tochter fort.

Was aus dem Bus den Eindruck eines weitläufigen Parks gemacht hatte, der das Hotel umgab, entpuppte sich aus der Nähe als Golfplatz. Der erste Abschlag lag auf einem kleinen Hügel, Viola wischte sich, als sie oben waren, die Stirn. Sie hielten Ausschau über das Gelände. Niedrige Kuppen, dazwischen Hecken, Sandstücke, einige Tümpel, von Schilf umstanden. Malerisch war das Wort. Nichts deutete darauf hin, dass sich hier jemals etwas ereignen würde.

Sascha lief los, holte Schwung und ließ sich in die nächste Senke rollen. Wie weich der Rasen sei. Viola und Lambert folgten ihr in einigem Abstand. Sascha fand das erste Loch und hinter einer Baumreihe das nächste. An jedem Abschlag griff sie nach einem Schläger, den nur sie sehen konnte, holte weit aus und beförderte einen Ball aus Luft hinauf in den Abendhimmel. Dann rannte sie hinterher, dorthin, wo sie das nächste Loch vermutete. So streiften sie kreuz und quer über die Roughs und Grüns und Fairways wie Rotkäppchen beim Pflücken ihrer Blumen.

»Du musst traurig sein.«

»Warum?«

»War nicht irgendwas mit deinem Vater?«

»O Gott, ja. Kommt mir vor wie eine Ewigkeit. Dabei war es erst gestern.« Lambert brach einen überhängenden Ast ab und schleuderte ihn auf ein

Sandhindernis. Ein Rebhuhn stob auf und flatterte mit wildem Flügelschlag davon. Lambert hob die Hände, um das Tier zu beschwichtigen, aber es war längst verschwunden. Dann fuhr er fort:

»Mein Vater war so lange krank, dass keiner mehr erschrocken war. Sein Tod war das Letzte, was ihm zu tun blieb. Es war wie in den Büchern, wir standen um ihn herum, während es langsam mit ihm zu Ende ging. Nachher haben wir ihn gewaschen. Es war das erste Mal, dass ich ihn nackt gesehen habe.«

»Wie bitte?«

»Entschuldige, vielleicht erzählt man so etwas nicht einfach, erst recht nicht jemandem, den man ebenfalls noch nicht nackt gesehen hat.« Er konnte nicht erkennen, ob Viola lachte. Von Weitem fragte Sascha, wo sie blieben. Viola antwortete, sie brauchten etwas länger. Sie seien ja keine Golfbälle.

Während Viola Sascha ins Bett brachte, erkundete Lambert das Hotel. An der Bar saßen ein paar Männer in karierten Hemden und schauten stumm auf einen Fernseher am Ende der Theke. Vor jedem stand ein Glas mit schwarzer Flüssigkeit. Ab und an nahm einer von ihnen einen Schluck, ohne den Blick vom Bildschirm zu wenden. Blind trinken nannte man das wohl, auch nichts anderes als ein Blindflug, und nicht die schlechteste Möglichkeit, um müde zu werden. Lambert machte dem Barkeeper ein Zeichen. Der hob kurz das Kinn und begann ein Glas zu zapfen. Lambert griff sich einen der Hocker und setzte sich ans Ende der Reihe.

Im Fernseher lief ein Spiel. Lambert gelang es, zwei Mannschaften auszumachen, die einander gegenüberstanden. Auf einen Pfiff hin rannten alle durcheinander, bis ein nächster Pfiff sie unterbrach, woraufhin sich die Spieler wild gestikulierend in kleinen Gruppen zusammenfanden, während lange Reihen von Statistiken über den Bildschirm liefen. Lambert hatte keine Ahnung, worum es ging. Es schien nicht mal einen Ball oder ein anderes Spielgerät zu geben. Er konnte sich nicht erinnern, jemals so farbenfrohe Trikots gesehen zu haben, an einigen waren goldene Bänder und Aufnäher befestigt. Ohne das Spielfeld und die Pfiffe hätte man glauben können, es handelte sich um ein Kostümfest. Lambert versuchte herauszufinden, ob seine Nachbarn mit einer der beteiligten Mannschaften sympathisierten, aber sie verfolgten das Ganze mit der Reglosigkeit einer Jury, die am Ende ihr unbestechliches Urteil über das Geschehen würde fällen müssen.

Vorsichtig probierte Lambert von seinem Getränk. Es schmeckte, als hätte man die Hölle eingekocht und den Sud dann ziemlich lange stehen lassen. Zu lange, für seinen Geschmack. Lambert schloss die Augen und nahm einen weiteren Schluck. Wo immer er gelandet war, er war bereit, es den Bewohnern dieses Ortes gleichzutun.

Die Männer im Fernseher waren inzwischen in der Spielfeldmitte zusammengekommen und hielten sich in einem Kreis an den Händen. Auch Lambert hätte seine Nachbarn gerne an den Händen gefasst. Er wünschte sich, ein kariertes Hemd zu tragen wie sie. Stattdessen saß er einfach da und trank. Wahrscheinlich würden ein paar Gläser von dem Zeug jede Erinnerung an sein bisheriges Leben auslöschen, sodass er einfach sitzen bleiben, für immer diesem Spiel zuschauen und irgendwann in einer unvorstellbaren, unausweichlichen Zukunft sogar dessen Regeln begreifen könnte. Selten hatte Lambert so sehr das Gefühl gehabt, auf der Welt zu sein. Einfach, weil es niemals so zufällig gewesen war, wo auf der Welt er sich gerade befand. Vielleicht hatte ihm auch einfach jemand O.-k.-Tropfen ins Glas getan.

8

»Ich weiß, es gehört sich nicht für ein Mitglied der Flugsicherheit – aber heute hatte ich wirklich Angst.« Der Satz hing in der Dunkelheit des Zimmers wie ein Geruch, ohne erkennbare Herkunft, ohne Ziel. Ganz allmählich nur löste er sich auf.

Sie lagen in dem Queensize-Bett, Sascha zwischen ihnen, die leise schnaufte im Schlaf. Wer war auf die Idee gekommen, solche Betten mit nur einer einzigen riesigen Decke zu beziehen? Beim Aufbruch an der Bar hatte es noch Schwierigkeiten gegeben, Lambert hatte nicht bedacht, dass er nicht genug Bargeld dabeihatte. Am Ende, als seine Nachbarn immer näher gerückt waren, hatte er die Hand vor die Stirn geschlagen und sich erinnert, oben im Koffer noch Geld zu haben. Ein Trick. Er konnte nur hoffen, dass sie die Zimmernummer nicht herausfanden.

Seit Viola die Nachttischlampe gelöscht hatte, hatten sie stumm nebeneinandergelegen. Nur an der Tatsache, dass er sie nicht atmen hörte, erkannte Lambert, dass auch Viola noch nicht schlief. Lambert fiel wieder ein, dass sie schwanger war, die beiden hatten die Reise gemacht, um

Saschas Großvater die Nachricht zu überbringen. Warum lag er hier neben dieser Frau? Und warum gab es so viele davon auf der Welt? Hatte er nicht bereits eine?

»Auf dem Weg ins Flugzeug hat Sascha die Bordkarten genommen, um unsere Plätze zu suchen. Beim Hinsetzen hat sie mir meinen Abschnitt zurückgegeben und gesagt, ich säße auf dem Todesplatz.«

»Wie bitte?« Lambert stützte sich auf. Er wusste, wo sie lag, doch in der Dunkelheit war von Violas Gesicht nicht mehr zu sehen als der schwache Widerschein vom roten Licht des Radioweckers in ihren Augen.

»Ich habe es auch nicht geglaubt. Aber unten auf dem Schnipsel stand tatsächlich in Großbuchstaben dieses Wort, TOD. Ich gebe zu, dass meine Hand zitterte. Vielleicht hat es deshalb ein bisschen gedauert, bis ich erkannte, dass es die Platznummer war, 10 D. Ich habe dann einfach versucht, es zu vergessen.«

»Bis die Durchsage kam.«

»Zu unserer Ausbildung bei der Flugsicherung gehörte ein Seminar gegen Flugangst. Ich wusste als Einzige nicht, was das ist. Ich konnte es mir einfach nicht vorstellen. Der Leiter hat alles versucht, um mir Furcht einzujagen, er hat mir Katastrophen ausgemalt, mich hinterrücks erschreckt, mich hecheln lassen, bis ich hyperventilierte.«

»Und?«

»Nichts. Ich habe einfach nicht kapiert, worauf er hinauswollte. Es ist wie mit dem Kitzeln. Wer nicht kitzelig ist, den lässt jeder weitere Versuch, ihn zum Lachen zu bringen, nur noch unbeeindruckter zurück. Ich durfte die Teilnahme abbrechen.«

»Respekt. Wobei: Wäre für deine Arbeit nicht eher ein Seminar zur Unterstützung von Flugangst nützlich, zum Einfühlen in die Befindlichkeit der Passagiere?« Lambert sagte lieber nichts davon, dass er heute zum ersten Mal geflogen war.

»Und der Vater?«

»Meiner?«

»Nein, Saschas.«

»Ach so. Ich habe nämlich auch keinen mehr. Saschas Vater ist zu Hause.«

Wie schwer das rote Licht des Radioweckers es hatte, den Raum zu erleuchten. Aber wenn man lange genug wartete, machte es irgendwann den Eindruck, das Zimmer stehe hell in Flammen. Dann fuhr Viola fort:

»Ich meine, bei sich zu Hause.«

»Seid ihr getrennt?«

»Wir waren nie zusammen. Er ist einfach mein bester Freund, schon als Kinder haben wir alles zu zweit gemacht, Angeln, Rumsitzen, Reitstunde. Wir sind gemeinsam zum Studieren nach Kanada gegangen, am Anfang haben wir sogar zusammengewohnt. Nur körperlich haben wir nie aufeinander reagiert. Irgendwann haben wir uns eingestanden, dass keiner sich vorstellen kann, einem anderen jemals so nah zu sein.«

»Und?«

»In vitro, das ist alles. Wir durften bei der Befruchtung zusehen. Sascha ist mal bei mir, mal bei ihm, seit ihrer Geburt arbeite ich von zu Hause. Den Urlaub verbringen wir meist zusammen. Er freut sich auf das neue Kind.«

Lambert wurde davon geweckt, dass jemand mit einem Golfschläger gegen seine Stirn klopfte, immer wieder. Gleichzeitig traf ihn ein Schwall Milch und überschwemmte sein Gesicht. Er schreckte auf und erwog für Momente die Möglichkeit, in einer Parallelwelt gelandet zu sein. Etwas bohrte sich in seinen Oberarm. Als er die Augen aufschlug, sah er, dass es ein Kind war. Es drückte die Nase in seine Seite. Dahinter erkannte er eine Frau. War das sein Kind? Seine Frau? Hatte er selbst diese Aquarelle ins Schlafzimmer gehängt? Ein kleiner Seufzer entfuhr ihm, dann war er wach. Jagender Kopfschmerz.

Was er für seine Stirn gehalten hatte, war die Zimmertür, es klopfte noch immer. Statt Milch floss Sonnenlicht über sein Gesicht. Richtig, er war im Nirgendwo. Alles stimmte wieder.

Als er vorsichtig die Tür öffnete, stand dort die Stewardess, bereits in Uniform, aber mit zerzaustem Haar. Lambert gähnte, sie gähnte mit. Beide lachten, dann sagte sie mit wiedergefundenem Ernst, das Frühstück stehe bereit. Abfahrt in einer halben Stunde.

9

Ich kann auch nicht zaubern. Der Satz der Stewardess hätte von ihm sein können. Andererseits: Was konnte er denn sonst?

Er sah sich nicht als Zauberer. Er machte den Leuten etwas vor, das war alles. Und sie genossen es, einfach weil sie nicht verstanden, was da vor sich ging. Weil ein Zweifel blieb, ob er, allem Wissen zum Trotz, nicht doch Fähigkeiten besaß, von denen sie nur träumten. Von ihnen aus, von vorne, musste es aussehen wie ein Wunder. Von hinten war es nichts als Humbug. Lambert kannte jede seiner Bewegungen im Schlaf. Manchmal kam es vor, dass er die Menge für ihre überraschten Schreie verachtete. Man musste nur ausreichend resolut behaupten, eine Spielkarte nicht zu berühren, schon waren sie davon überzeugt, selbst wenn man die Karte dabei in der Hand hielt. Mit dem Wort Illusionist hätte Lambert sich anfreunden können. Der Rest war Folklore.

Er war da in etwas hineingeraten und fand nicht wieder heraus. Wie viel hätte er dafür gegeben, etwas anderes zu tun. Aber er hatte sonst nichts gelernt. Er hätte zaubern müssen, um dem Zaubern zu entkommen.

Das Missverständnis der Kinder: Sie kamen, wenn er in Schulen auftrat, nach der Vorstellung zu ihm und wünschten sich Unmögliches. Im Wesentlichen Geld, Glitzerstifte, mehr (oder weniger) Geschwister, technisches Spielzeug, Pferde. Sie begriffen nicht, was sie gesehen hatten: Tricks.

Einmal, in der Stadthalle Braunschweig, war ihm der ganze Zauber auf einmal zuwider gewesen. All das Reden, Schummeln, das Palmieren, die kleinen Geheimnisse, das Lachen. Doppelte Böden überall, die Gummibänder und Schaumstoffbälle, die Seiltricks. Am Vorabend hatte er von der Krankheit seines Vaters erfahren, und als er – schon im Scheinwerferlicht – seinen kleinen Koffer öffnete, hatte ihn bei der Ansicht dieses Durcheinanders aus Spiegelschachteln, falschen Daumen, gezinkten Karten ein Ekel überfallen, der ihn für Momente bewegungslos machte. Er wünschte sich einen ehrlichen Abend, ein einziges Mal, er wollte heute niemanden übers Ohr hauen.

Also hatte er einfach eine neue, verschlossene Packung Spielkarten ins Publikum geworfen – bitte aufreißen, prüfen, mischen. Man warte immer, hatte Lambert in den Saal gerufen, auf seine Herzdame, da gehe es ihm nicht anders als den

Herren im Publikum. Dabei würden einem doch ohnehin die Worte fehlen, sollte man ihr je begegnen. Ihm jedenfalls. Und sie wüssten doch alle, dass die Wirklichkeit eben keine Herzdame bereithalte, sondern am Ende doch wieder nur eine Sieben oder eine Zehn. Irgendeine Karte halt, die zufällig für einen daliege. Wie hier – und mit einem Wink bedeutete er dem Zuschauer, das Mischen zu beenden. Der Nachbar durfte noch einmal abheben. Ob er nun so gut sein könne, einfach die oberste Karte aufzudecken und den anderen zu zeigen.

Der kleine Schrei, der den Umsitzenden entfuhr, und wie er sich allmählich durch den Saal weitertrug. Ihre Verwunderung über die Herzdame war nichts gewesen im Vergleich zu Lamberts eigenem Erschrecken.

Im Programmheft für den Montrealer Auftritt stand wie immer: *Magie.* Er hatte den Zettel herausgesucht, um zu schauen, wohin er musste *(Centaur Theatre Company, Rue du Saint Sacrement)* – nach dem Zwischenstopp war unklar, ob er es rechtzeitig schaffen würde. Während des Fluges hatte ihm Kathy ein gutes Dutzend Nachrichten geschickt, die nun beim Wiedereinschalten seines Telefons eine nach der anderen mit einem Piepsen eintrafen. Kathy forderte ihn zunehmend dringlich auf, seine Ankunftszeit mitzuteilen, andernfalls könne sie ihm weder Auftritt noch Gage länger garantieren.

Der Ausdruck Magie mochte besser sein als Zaubern, mehr aber auch nicht. Und selbst das war zweifelhaft. Vielleicht sollte er Close-up-Illusionschreiben, oder wie die Versuche alle hießen, Gedanken an Feen und Einhörner abzuschütteln.

Hätte jemand Lambert gefragt, auf wen er neidisch war, er hätte die Maler genannt. Sie erschufen, was sie wollten. Wo ihnen jeder Ausdruck, jede Nuance, jedes Mienenspiel zur Verfügung stand, konnte er nur mit der Schablone das ewig gleiche Bild erzeugen: eine Ansammlung staunender Gesichter im Publikum. Er war an die immer selben Routinen gefesselt.

Lambert trat aus dem Flughafen. Vor ihm erstreckte sich eine weite Ebene in der Farbe von Staub und verblühten Sträuchern. Hier und da krümmten sich einzelne Laternen und beleuchteten den hellen Tag. Keine Mounties, keine Bären. Eine mehrspurige Straße verließ den Flughafen, rechts und links säumten hellgrüne Verkehrsschilder die Fahrbahn wie Ufergebüsch einen Bachlauf im Sommer.

Dies also war der nordamerikanische Kontinent, man hatte davon gehört. Keiner da, ihn abzuholen. Und wer sollte auch kommen? Sascha und Viola hatten sich am Gepäckband verabschiedet, ähnlich verschlafen und zerknittert wie er selbst. Während des Flugs hatten sie alle kaum ein Auge zubekommen. Lambert nahm seine Tasche auf die Schulter und stolperte hinüber zum Taxistand. Eigentlich hatte er wieder trampen wollen, aber ihm fehlte die Zeit dazu. Er wusste nicht einmal, welches Zeichen man hierzulande am Straßenrand machte. Und ihm stand der Sinn nicht nach Menschen.

Die Verzögerung war ohnehin kaum mehr aufzuholen, Kathys Nachrichten hatten daran keinen Zweifel gelassen. Das Treffen hatte gestern ohne ihn begonnen – er konnte nur hoffen, dass er es zu seinem eigenen Auftritt rechtzeitig schaffte. Aber einfangen ließ sich der verlorene Tag nicht mehr. Auf einmal fürchtete Lambert, die Verspätung könnte sich durch sein ganzes Leben ziehen.

Lambert fragte den vordersten Fahrer, wie teuer es bis in die Stadt sei – wenn er die Zahl richtig verstand, entsprach sie seiner halben Gage –, und wollte eben einsteigen, als ihn etwas in der Kniekehle berührte. Er drehte sich um, es war die vordere Stoßstange eines Pick-ups. Die Fahrerin streckte den Kopf durchs Fenster und schaute zurück, mit kräftigen Vorwärts- und Rückwärtsstößen rangierte sie einen übermannshohen Anhänger durch die Gasse zwischen parkenden Autos und Abflughalle. Sie bemerkte nicht einmal, in welche Gefahr sie ihn brachte.

Lambert ging zu dem Wagen, griff ins Fenster, um sich die Wahnsinnige zu schnappen, und rief, während er sich mit den Fingern in ihren Locken verfing, ob sie noch bei Trost sei, was ihr einfalle, ihn fast über den Haufen zu fahren, und nur wegen ihres Anhängers, er sei eben erst gelandet und müsste längst in der Stadt sein. Zum Sterben habe er keine Zeit. *Got that?*

Noch immer hielt er sie an den Haaren fest. In seinem Griff gefangen schaute sie ihn an und zum ersten Mal sah Lambert ihre Augen. Vorsichtig löste sie seine Finger aus ihren Locken und antwortete leise, ob er ihr vielleicht beim Rangieren helfen könne. Dann nehme sie ihn – und dabei legte sie ihre Hand auf den Beifahrersitz – gerne mit.

Lambert konnte sich nicht erinnern, schon einmal von solchen Augen angesehen worden zu sein.

Während der Fahrt schwiegen sie beide. Lambert fragte sich, was mit ihm war. Jetzt, da er neben dieser Frau saß, aber auch eben, als er ihr einfach in die Haare gegriffen hatte. Er fragte sich, woher diese aufschießende Aggressivität kam, die ihn manchmal überfiel. Außerdem fragte er sich, ob man nicht zumindest über das Fahrtziel sprechen sollte. Aber die Straße führte ohnehin nur in die eine Richtung, und vielleicht war es mittlerweile auch schon egal. Am Außenspiegel stand die Warnung *Objects in mirror are closer than they appear.* Die Windschutzscheibe war staubig, dahinter noch immer die Landschaft, die Fahrbahn, die Hinweisschilder und Werbetafeln. Kinder, die sich Orangenschnitze in den Mund gesteckt hatten, beim Lachen blitzten statt ihrer Zähne die leuchtenden Schalen hervor. *Und was wünschen Sie sich heute vom Leben?* Schon waren sie vorbei. Lambert hatte nicht einmal erkannt, wofür geworben wurde.

Er lehnte das Gesicht an die Fensterscheibe und schob sich dann so weit hinunter, bis er die Frau im Außenspiegel sehen konnte. Sie saß leicht vornübergebeugt, die Ellenbogen ein wenig nach außen gestreckt, sie schien keine geübte Fahrerin zu sein. Ihr Gesicht war hinter den Locken kaum zu erkennen. Sie sah traurig aus. Hatte sie geweint? Zwei Mal betätigte sie versehentlich den Scheibenwischer. Ein Streifen Sonnenlicht fiel auf ihren Nacken. Lambert hätte ihn gerne berührt. Und auch wenn das unmöglich war, erschien ihm die Vorstellung, ihn niemals berühren zu dürfen, seltsam unerträglich. Jetzt hatte er doch den Eindruck, sie schon einmal gesehen zu haben, auch wenn es ausgesprochen lange her sein musste. Von Zeit zu Zeit zog die Frau leise die Nase hoch, wie aus Trotz. Warum nur legten einem immer die falschen Leute die Hand aufs Knie? Er hätte endlos weiterfahren können.

Draußen wischte lächelnd eine Hausfrau über ihre Spüle. *Putz nicht länger deine Keime. Töte sie mit Lysol.*

10

Was wir Liebe nennen, ist anfangs nur ein Durcheinander. Lambert konnte sich nicht erinnern, wo er das gelesen hatte und was der genaue Wortlaut war. Irgendein Aufsatz, ein Pamphlet, er hatte es nicht mehr vor Augen. Im Ergebnis war es darum gegangen, dass all diese Gefühle in Wahrheit rudimentäre biochemische Prozesse seien, eine Art eingespieltes Chaos. Was wusste man schon von der Wahrheit. Jedenfalls ließ das Ganze sich auf diese Weise erstaunlich genau beschreiben.

Was wir Liebe nennen, war danach nichts anderes als ein Schwappen von Körperflüssigkeiten, ein aus dem Takt geratener Tanz. Ein Schluckauf, letztlich, nur etwas kleiner. Man hatte Untersuchungen angestellt und es mit anderen Quellen des Glücks verglichen, mit Geld, Orgasmen oder Schokolade. Die Liebe war die stärkste unter ihnen.

Eine Zeit lang hatte Lambert sich mit dem Thema beschäftigt, im Wesentlichen ging es um ein kleines Organ auf jeder Seite des Gehirns, das wegen seiner Ähnlichkeit mit einem Seepferdchen *Hippocampus* hieß. Ende des achtzehnten Jahrhunderts hatte ein Anatom versehentlich *Hippo-*

potamus geschrieben, der Fehler zog sich einige Jahrzehnte lang durch die wissenschaftliche Literatur. Lambert stellte sich vor, wie damals alle mit kleinen Nilpferden in den Köpfen herumgelaufen waren.

Überhaupt die Menschen. Lambert fand heraus, dass in der Mitte des neunzehnten Jahrhunderts gerade dieses kleine Organ den Ausschlag hatte geben sollen, ob der Mensch eine Sonderrolle im Tierreich einnahm oder nicht. All die Affen, denen man die Schädel zerschnitt, all die eingelegten, bleichen Gehirne und wie man auszurechnen versuchte, wie groß sie vor dem Konservieren gewesen sein mochten. All die zerstrittenen Konferenzen. Auf dem Höhepunkt der erhitzt geführten Debatte veröffentlichte ein Spötter das Gedicht eines Gorillas, der überzeugt war, schon deshalb über dem Menschen zu stehen, weil er auch mal schweigen könne. Nach dem Erscheinen von Huxleys *Evidence as to Man's Place in Nature* war die Diskussion rasch abgeebbt, und auch Lambert wandte sich bald wieder anderen Fragen zu.

In Erinnerung behielt er nur, dass sich in diesem kleinen, seepferdförmigen Lappen bei Verliebten eine Erinnerung bildete, für die es keine Grundlage gab. Der Eindruck, den anderen längst zu kennen.

Alles Weitere vergaß er. Man konnte auch zu gut vorbereitet sein, wenn es einen traf.

Lambert wurde bereits erwartet. Kaum dass er vor dem *Centaur* ausstieg und seine Tasche auf den Bürgersteig stellte, lief eine kleine Frau in schwarzem Trainingsanzug die paar Stufen herab auf ihn zu, streckte ihm mit einem verbissenen Lächeln die Hand entgegen und stellte sich als Kathy vor. Sie sei für ihn zuständig, ob er ihre Nachrichten nicht bekommen habe. Sie schulterte Lamberts Tasche und zog ihn am Arm mit sich, er solle sich von den Säulen nicht verstören lassen, dies sei früher die Montrealer Börse gewesen, im Übrigen habe die Show vor einer Stunde begonnen, gerade sei Pause, dann gehe es direkt mit ihm weiter, sie werde ihn am besten direkt zum Bühneneingang bringen oder, wenn er verspreche, sich zu beeilen, vorher noch kurz in die Garderobe, wo sicherlich auch ein Glas Wasser bereitstehe, er habe ihnen schreckliche Umstände bereitet, ob er sonst noch etwas brauche?

Sie hielt ihm die Schwingtür auf, was ihren Monolog zumindest für einen Moment unterbrach. Bevor er in das Gebäude trat, drehte Lambert sich noch einmal zurück, um der Fahrerin zu danken, aber sie hatte die Autotür bereits zugezogen, und der Wagen rollte langsam an. Die Rue du Saint Sacrement war eine schmale Gasse. Jetzt erst erkannte Lambert, dass der obere Teil des Anhängers hinten offen war. Zwei Pferde steckten ihre Köpfe heraus. Er hob die Hand, um dem Gefährt hinterherzuwinken. Die Pferde verzogen keine Miene.

Quer über die Eingangshalle zog sich ein Transparent *Welcome to the Close-up Conference.* Überall standen Grüppchen zusammen, im kurzen Glühen der Wiedersehensfreude. Eine Stimmung wie beim Treffen der Druiden im Karnutenwald. Im Aufgang zum Saal erkannte Lambert ein paar Gesichter und grüßte in Eile. Er wäre gerne stehen geblieben, am allerliebsten hätte er sich kurz irgendwo hingesetzt, aber Kathy zog ihn unerbittlich mit.

Hier und da hörte er seinen Namen, Hände wurden ihm auf die Schulter gelegt, jemand zwinkerte ihm zu. Wie jedes Jahr fiel es ihm leichter, sich an die Gesichter der Kollegen zu erinnern als an ihre Namen, bei den meisten fielen ihm nur die Tricks ein, die sie bei ihrer letzten Begegnung gezeigt hatten. Es war das erste Jahr, in dem ihr Treffen nicht in Europa stattfand. Und das erste, in dem er selbst auf die Bühne geladen war.

Es war nicht so, dass sie gegeneinander antraten. Es gab keine Jury, sie standen in keinem offensichtlichen Wettbewerb. Aber natürlich wurde über die einen gesprochen und über die anderen eben nicht. Und über manche wieder in einer Weise, dass man lieber nicht dabei gewesen wäre.

Jeder hatte seine Viertelstunde, im Publikum saßen fast ausschließlich Kollegen, sie blieben gerne unter sich. Immerhin tauschte man sich aus und zeigte einander die neuesten Kunststücke. Dennoch brachte immer jemand Bekannte mit, schon damit sichergestellt war, dass es während der Vorführungen auch wirklich die kleinen, schrillen Schreie des Erstaunens zu hören gab, von denen sie heimlich lebten.

Das Präparieren, die Handschuhe. Unerklärlich, warum immer noch Handschuhe verwendet wurden. Fürchteten sie, Spuren zu hinterlassen? Der vergebliche Versuch, Ruhe zu bewahren. Lamberts Unbehagen vor den Auftritten, vor dem Moment des Hinaustretens, die plötzliche Schwäche und das Pochen, als hätte er zu viel Blut im Körper oder zu wenig. Wie jedes Mal wünschte er sich an einen fernen Ort, weit weg von den Menschen. Ein Widerspruch, der nicht aufzulösen war: Wenn er wirklich hätte zaubern können, wäre er nicht hier. Weder gleich auf der Bühne noch jetzt in der engen Garderobe, wo neben ihm Kathy stand und ohne Unterlass auf ihn einredete. Niemand hörte ihr zu.

An der Wand hing ein goldgerahmter Spiegel. Lag es an dem fleckigen Glas, dass Lambert seinem Vater auf einmal ähnlich sah? Mit jedem Tag legte die Zeit mehr von ihrer Übereinstimmung frei, mit der Geduld einer großen Bildhauerin.

Waren Nase, Kinn und Stirn schon immer so schmal gewesen, und es hatte sich unter der Kinderhaut einfach nicht gezeigt?

Sein Vater war es gewesen, der Lambert vor vielen Jahren den ersten Zauberkasten schenkte – und er hatte es bis zu seinem Ende bereut. Sie hatten vorher nie einen Zirkus oder ein Varieté besucht, der erste Zauberer, den Lambert gesehen hatte, war er selbst gewesen. Er hatte sich gleich in die Karten geschaut.

Die Begeisterung der ersten Wochen war schnell verflogen, die Neigung aber blieb. Als die Plastikrequisiten aus dem Zauberkasten kaputtgegangen waren, fand Lambert neue Kunststücke in Büchern und übte Seiltricks mit der Gardinenkordel im Wohnzimmer. Als Jugendlicher verbrachte er ganze Nachmittage in einem schlecht gelüfteten Laden für Zauberbedarf und stöberte mit möglichst ernstem Gesicht in den Auslagen, blätterte in Magazinen und lauschte aus dem Halbdunkel heraus den Verkaufsgesprächen. Irgendwann hatte der Ladenbesitzer ihn gefragt, ob er nicht aushelfen wolle.

Er hieß Bastian und stand von morgens bis abends hinter der Theke. Als Chef war Bastian misstrauisch, im Kundengespräch aber entwickelte er eine verblüffende Lässigkeit und ließ sich auch gerne überreden, einzelne Tricks vorzuführen. Es komme, sagte er Lambert nachher, darauf an, ob das Publikum sich in die Hand beiße vor Erstaunen. Wenn Bastian zauberte, biss jeder sich in die Hand – und war gern bereit, die Tricks zu kaufen. Nur er und Lambert wussten, dass die Sachen zu Hause nicht von selbst funktionieren würden.

Eine Lektion hatte Lambert bald gelernt: Je teurer die Tricks, desto zuverlässiger der Biss in die Hand. Eines Tages hatte Bastian ihm die Sensation des Ladens zum Freundschaftspreis überlassen, weil sie die Möglichkeiten seiner Klientel überstieg – eine Durchbohrungsillusion einschließlich eines Dutzends verblüffend scharfer Dolche. Auf jedem Geburtstag hatte Lambert sich anschließend durchbohren lassen, selbst auf seinem eigenen, bis am Ende keiner mehr zusah.

»Aber ihr habt doch noch immer keinen Schimmer, wie es funktioniert«, hatte er gerufen.

»Wir wollen es gar nicht wissen.«

Es hatte Jahre gedauert, bis er auf die Idee kam, eine abendfüllende Show zusammenzustellen. Bis er, um genau zu sein, genug Mut dafür gesammelt hatte. Aus einem Wunder einen Beruf zu machen erschien ihm noch immer absurd. Ein Frevel, wen wollte er damit herausfordern? Es war nicht so, dass er die Bedenken seines Vaters nicht verstanden hätte.

Den Text seiner Vorführung lernte er auswendig wie ein zu Weihnachten aufgesagtes Gedicht. Wenn seine Eltern nicht da waren, übte Lambert im Wohnzimmer seinen Auftritt, er sprang hinter einer Gardine hervor in die Mitte des runden Mohairteppichs, der den gedachten Lichtkreis eines Spots markierte, breitete die Arme aus und rief: »Ich danke Ihnen, dass Sie so zahlreich gekommen sind.« Dann folgte der erste Auftritt beim Sommerfest der Schrebergartenanlage, und Lambert blickte in die leeren, einsamen Gesichter der Zuschauer, von denen kein einziger zahlreich gekommen war.

Er trat auf, wo immer er konnte, gratis, um sich einen Namen zu machen. Auf Schulfeiern, beim Jubiläum eines Sportvereins, im Kinderprogramm des Freibads. Überall hinterließ er den Zettel mit seiner Telefonnummer. *Der unbeschreibliche Lambert. Sie werden Ihren Augen nicht trauen.* Niemand ließ sich auf das Versprechen ein. Endlich aber meldete sich der Leiter eines Supermarkts, der ihn bei der Weihnachtsfeier des Altenheims gesehen hatte. Seinen ersten bezahlten Auftritt absolvierte Lambert neben der Fleischtheke. Die Wurstecken, die er erst verschwinden und dann in den Händen vorbeikommender Kundinnen wieder auftauchen ließ, durften diese zum Probieren behalten.

Irgendwann verriet Bastian ihm wie nebenbei, dass die richtigen Nummern nicht frei erhältlich seien. Man müsse Mitglied einer Vereinigung werden, Bürgen stellen, Verschwiegenheitserklärungen unterschreiben. Lambert lieh sich Geld und kaufte mit Bastians Hilfe einen ziemlich aufwendigen Effekt, einen Schwebetrick für die große Bühne. Bald schon kamen die Anfragen, auf die er so lange gewartet hatte. Die Arbeit im Laden behielt er bei, auch wenn Bastians anfänglicher Stolz auf seinen Angestellten einer unterschwelligen Ablehnung gewichen war. Auf Lamberts Versprechen, nur nach Ladenschluss aufzutreten, entgegnete er, es sei keine Frage von Zeit. Er missbillige einfach die Aufmerksamkeit, die dem Betrieb verloren gehe. Wenn Lambert Andrea betrügen würde, wäre die ja auch nicht eifersüchtig auf die Zeit, die er mit der anderen verbringe. Lambert hatte nichts zu entgegnen gewusst.

Vom Honorar machte er weitere Anschaffungen, sodass sein Programm bald aus einer soliden Mischung von Illusion, Materialisierungen und Wahrsagekunst bestand. Jetzt noch eine zersägte Jungfrau, sagte er zu Andrea, dann haben wir ausgesorgt. Sie schnaubte bloß verächtlich.

Es gab eine Geschichte von ihm, die in der Familie seit Jahrzehnten überliefert wurde. Als der kleine Lambert am Frühstückstisch nach der Marmelade verlangt, fragt ihn sein Vater: Wie heißt das Zauberwort? Für einen Moment sieht Lambert ihn fassungslos an und antwortet dann mit leiser Stimme: *Abrakadabra*.

Lambert hatte die Anekdote nie gemocht. Vor allem, weil sein Vater sich nicht zu schade gewesen war, sie bei jeder auch nur halbwegs passenden Gelegenheit wieder zu erzählen, er wusste immer, wie lange er die Auflösung hinauszögern musste, um die größte Wirkung zu erzielen. Und auch wenn Lambert ihn dabei irgendwann nicht mehr ansah, wusste er, wie sein Vater während dieser Pause beifallheischend von einem Zuhörer zum anderen sah, im sicheren Bewusstsein des bevorstehenden Triumphs. Sein Vater meinte es nicht einmal böse, vielleicht war er sogar stolz auf den Einfallsreichtum seines Sohnes. Dabei wäre das nichts als ein Missverständnis gewesen.

Beim Zaubern gab es den Moment, in dem der Trick bereits geklappt hatte, während das Publikum noch dachte, das Schwierigste stehe erst bevor. Dabei war das zerschnittene Seil längst wieder heil, das Kaninchen saß zusammengekauert im eben noch leeren Zylinder. Man musste nur hineingreifen und es hervorziehen.

Es war klug, diesen Moment hinauszuzögern und einfach noch ein wenig zu reden, während man das zusammengeknüllte Seil, den Kartenstapel, den Zylinder unbeweglich vor sich hielt. Die Zuschauer hörten zu und lächelten. Sie dachten, man wolle sie ablenken, aber sie würden sich nicht überlisten lassen. Sie wussten, dass es jetzt darauf ankam, aufmerksam zu bleiben, damit ihnen die entscheidende falsche Bewegung nicht entging. Sie würden nicht zulassen, dass er sie täuschte.

Dabei gab es diese falsche Bewegung nicht. Ungerührt hielt Lambert ihnen die Hand mit dem Seil oder dem Zylinder entgegen und redete noch ein wenig vor sich hin. Am Ende seiner kleinen Geschichte zeigte er einfach vor, was längst Tatsache war, und die Spannung schlug um in das ungläubige Entsetzen, das Bastian *Biss in die Hand* genannt hatte.

Irgendwann hatte Lambert diese Situation weiter verlängern wollen, er hatte nach etwas gesucht, das er noch vortragen konnte, um die Spannung zu erhöhen, und war endlich bei der Familienanekdote gelandet. Sie kam so gut an, dass er sie seitdem bei jedem Auftritt erzählte.

Den ganzen Weg hinüber zur Bühne überlegte er fieberhaft, was *Zauberwort* auf Englisch hieß.

11

Nachher, als er mit den anderen zusammenstand, die ihm reihum auf die Schulter schlugen und »Glückwunsch!« riefen, um nicht sagen zu müssen, wie es ihnen gefallen hatte, war sie auf einmal wieder da. Sie stand vornübergebeugt und wühlte in ihrer riesigen Handtasche. Er entschuldigte sich bei den anderen und ging hinüber. In ihrem Haar hingen Reste von Heu. Langsam richtete sie sich auf, strich sich eine Locke aus der Stirn und schaute ihn an. Es war das erste Mal, dass er sie lächeln sah.

»Ich bin wohl zu spät.«

»Allerdings.«

»Ist es vorbei?«

»Was genau soll vorbei sein?«

»Dein Auftritt. Du hast den Zettel im Auto liegen gelassen.«

»Freut mich trotzdem, dass du gekommen bist. Wo sind die Pferde?«

»Erholen sich vom Flug. Ich habe ihnen etwas zu essen hingelegt.«

»Ich tippe auf Heu.«

»Oh. Sieht man das?«

»Nur ein bisschen. Bin ich etwa zusammen mit deinen Pferden geflogen?«

»Das wäre dir aufgefallen. Oder mir. In ihrer Kiste hast du jedenfalls nicht gesteckt.«

»Ich heiße übrigens Lambert.«

»Komischer Name.«

»Findest du?«

»Es geht. Trotzdem – angenehm.«

»Mir auch. Und du?«

»Ich?«

»Wie du heißt.«

»Felicitas. Freunde nennen mich Fe.«

»Wäre es dir recht ... Ich meine, wir gehen noch was essen.«

»Gerne.«

»Auch wenn es kein Heu gibt?«

»Schon okay.«

Das Besondere war, dass sie den Mund ein wenig offen stehen ließ, wenn sie zuhörte. Lambert konnte kaum hinsehen, so sehr stellte er sich vor, wie ihre Lippen sich anfühlten. Welches Geräusch der Luftzug machte, wenn sie ein- und ausatmete. Er hätte immer weiterreden mögen.

Als sie ins *Little Sheep* kamen, saßen die anderen schon in großer Runde um einen viel zu kleinen Tisch. Bis auf Kathy waren es nur Männer, sie schien es zu genießen. Lambert stellte Fe vor und erzählte die Geschichte ihres Kennenlernens: Erst habe sie ihn beinahe über den Haufen gefahren und dann mitgenommen. Ohne sie jedenfalls hätte er es niemals rechtzeitig zum Auftritt geschafft – was ungläubige Gesichter und einige anzügliche Kommentare hervorrief. Kathy hörte gar nicht mehr auf, Fe die Hand zu schütteln, manchmal müsse man den Jungs eben ein bisschen zu Leibe rücken, nicht wahr?

Zu Lamberts Erleichterung ging Fe nicht darauf ein. Sie gab nur zu bedenken, dass sie zu seinen Künsten nichts sagen könne, seinen Auftritt habe sie ebenso verpasst wie die aller anderen. Sogleich versprach Kathy, sie auf die Gästeliste zu setzen, falls das Theater jemals wieder darüber nachdenken sollte, Magier einzuladen. Lambert warf ein, davon werde Fe wohl kaum erfahren, worauf Kathy sich gleich ihre Nummer sagen ließ.

Sie sei ihr so dankbar, Lamberts Auftritt ermöglicht zu haben, das Publikum hätte sonst den Höhepunkt des Abends verpasst. Fe schaute ratlos in die Runde. Selbst ihre Ratlosigkeit war bezaubernd. Lambert hatte sich noch immer nicht entschieden, in welchen Momenten sie am schönsten war.

»Scherz beiseite.« Kathy räusperte sich. Wenn überhaupt, sei es der Höhepunkt eines Abends aus lauter Höhepunkten gewesen, fügte sie mit Blick auf die Umsitzenden hinzu. Die eine Hälfte der Runde schüttelte bescheiden den Kopf, die andere nickte zustimmend. Ein Franzose, dessen mittelmäßige Seiltricks Lambert nur dunkel in Erinnerung waren, bestellte eine Runde heißen Sake, der gleich gebracht wurde. Felicitas winkte ab.

Erst als alle ihre Gläser hoben, fiel den anderen auf, dass ihre neue Freundin nicht mit anstieß, und erneut gab es großes Geheul. Also griff sich Fe die kleine Blumenvase in der Mitte des Tisches und prostete damit in die Runde. Statt zu trinken, roch sie an den beiden kümmerlichen Nelken. Vorsichtig drehte sie die Vase um, aber es war kein Wasser darin. Lambert beugte sich hinüber.

»Trinkst du nie?«

»Doch. Und wie. Aber keinen Sake. Und nicht heute.«

»Was ist passiert?«

»Erzähle ich ein andermal.«

»Komm schon.«

»Ich habe deinen Auftritt verpasst.«

»Das wäre ein grandioser Anlass, sich zu betrinken.« Er nahm einen Schluck vom Sake, der brühwarm war und ölig schimmerte. »Sag wenigstens, was du mit den Pferden machst.«

»Es sind sehr alte Tiere.«

»Sind sie zum Sterben hier?«

»Im Gegenteil. Alt ist nur die Art. Genau genommen sind sie bereits ausgestorben.«

»Mir wird schwindelig. Ich meine, was machen sie bei dir?«

»Ich bin Paläobiologin.«

»Das tut mir leid.«

»Sagt ausgerechnet ein Zauberer.«

»Na und? Da weiß wenigstens jeder, woran er ist.«

»Wir erforschen das Leben ausgestorbener Arten.«

»Ist das nicht, nun ja, ein Widerspruch?«

»Mag sein. Ich habe nichts gegen Widersprüche.« Wieder lächelte sie. »Jedenfalls habe ich Veterinärmedizin studiert.«

»Tierarzt – ist das nicht für Mädchen, was Zauberer für Jungen ist?«

»Absolut. Wir haben uns beide einen Kindertraum erfüllt.«

»Nur dass du untreu geworden bist.«

Fe zog einen Schuh aus und rieb sich die nackte Ferse. »Diese flachen Absätze. Kaum zu sehen, schmerzen aber wie die hohen.« Sie sah ihn an, mit diesen Augen. »Das Studium hat noch Spaß gemacht. Bei euch in Europa lernt man Veterinärmedizin nach Fächern, bei uns nach Tieren.«

»Wie bitte?«

»Wir nehmen uns eine Gattung und lernen alles, was dafür wichtig ist.«

»Und wir?«

»Ihr greift euch ein Fach und jagt es durch alle Arten. Gynäkologie der Wale. Gynäkologie der Reptilien.«

»Wie anregend.«

»Kann man so sehen. Man spezialisiert sich halt anders. Am Ende habe ich nur noch Unpaarhufer studiert.«

»Sind das die Einzelgänger unter den Tieren?«

»Witzbold. Die haben eine ungerade Zahl von Zehen. Nashörner. Tapire. Pferde.«

Der Kellner brachte neuen Sake. Diesmal nahm sich auch Fe ein Glas. Allgemeine Begeisterung, Kathy schien sie umarmen zu wollen. Stanko, ein slowenischer Gedankenleser, begann vor Freude ein unsichtbares Orchester zu dirigieren. Gleich nach dem Anstoßen beugte Fe sich wieder zu Lambert.

»Je länger man dabei ist, desto deutlicher erkennt man, dass die Tierärzte Handlanger sind. Sie töten ganze Herden.« Sie flüsterte jetzt. Ihre Stimme hatte einen scharfen Ton bekommen. »Die meisten verbringen ihre Tage damit, zu kontrollieren, ob das Fleisch gut genug ist, um vom Menschen gegessen zu werden.«

»Also hast du dich in die Vergangenheit geflüchtet.«

»Ich wollte wissen, wie alles gekommen ist. Schon verblüffend, was einmal möglich war. Eine Geschichte von Abschieden.«

»Die Sehnsucht nach dem Ursprung.«

»Hast du die nicht?«

»Ach, ich mag Abwechslung. Was passiert mit deinen Pferden?«

»Das Leittier kriegt einen Funkchip unters Fell. Der meldet Ort, Herzfrequenz und Unterhauttemperatur. Warte, ich zeige es dir.«

Sie holte aus ihrer Handtasche ein Gerät hervor und schaltete es ein. Eine Kartenansicht baute sich auf, in der Mitte ein blinkender roter Punkt. Daneben waren zwei Zahlen eingeblendet: 20 und 0.

»Was da blinkt, ist mein Zuhause. Wundere dich nicht über die Messwerte, das ist noch nicht das Pferd. Der Chip liegt auf dem Küchentisch. Wie du siehst, hat die Tischplatte Zimmertemperatur und keinen Puls.«

»Wie beruhigend. Kein Grund zur Sorge.«

Lambert sah von dem Gerät auf. Er war froh, dass Fe hier saß und nicht zu Hause in ihrer Küche. Über ihre eigene Herzfrequenz konnte er nur Vermutungen anstellen. Erst recht über ihre Unterhauttemperatur.

»Und was machst du mit ihnen, wenn der Chip eingepflanzt ist?«

»Dann wildere ich sie aus.«

»Du – wie bitte?«

»Ich wildere sie aus.«

12

»Jetzt zu dir, Zauberer.«

Sie hatten aufgegessen und warteten darauf, dass jemand zum Abräumen kam.

»Was soll ich erzählen?« Lambert sah sich um. »Nimm den Teller hier. Er sagt: *Dieser brave Mann stammt aus einem Kontinent, der gezeichnet ist von Krieg und Vertreibung.* Wir essen unsere Teller leer. Du mit deinem kaum angenagten Hähnchenschenkel dagegen kommst offensichtlich aus einem Land, das in den fünf Jahrhunderten seines Bestehens noch niemals angegriffen worden ist.«

»Du scheinst dich ja auszukennen. Von welchem Land sprechen wir?« Fe hatte ihren Hähnchenschenkel wieder in die Hand genommen und fuchtelte damit herum. »Was mich an euch Europäern stört: Ihr geht immer von euch aus. Ab wann zählst du deine Jahrhunderte – seit Kolumbus? Hinter welchem Mond lebst du?« Sie biss in das Fleisch und sprach mit vollem Mund weiter. »Mein Land ist jünger, als ihr denkt. Den letzten Rest unserer Unabhängigkeit habe ich als Schulkind gefeiert.«

Lambert nahm seine Serviette und tupfte sich die Schläfen ab. Dann sagte er, um irgendetwas zu sagen: »Ihr mit eurem Jugendwahn.«

»Und ihr mit eurer Larmoyanz. Zum Thema Flucht haben wir mehr zu sagen als ihr, merk dir das. Ein Volk von Entkommenen. Frag, wen du willst, jeder Einzelne hat seine Geschichte.«

»Was ist deine?« Vielleicht ein Weg, um Ruhe in das Gespräch zu bringen.

»Es gibt viele, wie bei allen. Unsere Herkunft ist nicht so geradlinig wie bei euch. Meine Urgroßmutter kam aus Irland. Als sie nach wochenlanger Überfahrt an Land ging, hörte sie, dass der Gouverneur von Neubraunschweig eine Küchenhilfe sucht. Sie war eine von vierzig Bewerberinnen. Er ließ jede von ihnen Zwiebeln dünsten, eine nach der anderen. Meine Urgroßmutter hat er genommen.«

Lambert zeigte mit dem Finger auf sie: »Du kommst aus Irland.«

»Wenn das alles ist, was dich an der Geschichte interessiert – ja.« Fe legte ihren Hähnchenschenkel auf den Teller zurück. »Zumindest indirekt.«

»Ich war gerade dort. Wir hätten uns fast noch getroffen.«

Endlich erschien der Kellner zum Abräumen. In die Mitte des leeren Tisches stellte er ein Schälchen Glückskekse. Felicitas machte eine einladende

Handbewegung und bückte sich dann nach ihrer Handtasche. Lambert mochte, wie ihr die Locken ins Gesicht fielen, wenn sie den Kopf senkte. Er nahm einen Keks und brach ihn auf. Das weiße Zettelchen leuchtete hervor wie der unreife Kern einer Walnuss, den zuvor noch kein menschliches Auge gesehen hatte. Lambert biss in den Keks, das Glück schien schon etwas älter zu sein. Dann rollte er den Zettel auf. *Es ist leichter, am Anfang zu widerstehen als am Ende.* Lambert sah sich um, Fe wühlte noch immer in ihrer Handtasche. Seine Kollegen waren in eine Diskussion über die Höhe ihrer Gagen vertieft. Lambert faltete den Papierstreifen zusammen und steckte ihn in den Mund. Er schmeckte kaum anders als der Keks.

Lamberts Glas war leer, also griff er nach der Flasche und füllte es auf. Beim Zurückstellen nahm er rasch einen zweiten Keks. Diesmal versprach der Zettel: *Nichts zu begehren, das ist der Weg.*

Mit einem Schluck Sake fiel das Schlucken deutlich leichter. Felicitas hatte noch immer nicht gefunden, was sie suchte, und Lambert ja auch nicht, also unternahm er einen dritten Versuch. *Der fliegende Vogel vergisst nicht das Land.* Es wurde nicht besser. Er wischte sich die Krümel aus dem Mundwinkel und probierte es gleich noch einmal. *Wird Zeit, dass ich aus diesem Keks rauskomme.* Sehr komisch.

Fe richtete sich auf, triumphierend hielt sie eine Zigarettenschachtel in die Höhe und fragte ihn, ob er mit auf die Straße komme.

Beim Aufstehen schnappte sich Lambert den letzten Keks aus der Schale. Stanko sah fragend zu ihm hoch, sagte aber nichts. Lambert folgte Fe zum Ausgang, die beiden Kekshälften ließ er im Topf einer Hydrokultur verschwinden. Auf dem Zettel stand: *Keine Schneeflocke fällt auf die falsche Stelle*. Draußen war es noch immer warm, die Luft stand vollkommen still. Fe steckte ihm eine Zigarette zwischen die Lippen. Als sie ihm Feuer gegeben hatte, fragte sie, welches Schicksal ihm denn bevorstehe. Er hielt ihr den Zettel vors Gesicht. Sie lachte, holte noch einmal das Feuerzeug hervor und zündete den Papierstreifen an. Glimmend flog er hinauf in die Nacht.

Die Leuchtschrift des *Little Sheep* färbte den Himmel rot. Manchmal wehte der Rauch ihrer Zigaretten darunter vorbei. Der Mond war aufgegangen. Wenn sie ihn sehen konnten, waren dann nicht auch sie selbst von dort oben zu sehen? Wer etwas erkennen will, muss sich selbst zu erkennen geben. Vielleicht sollte er Glückskeksdichter werden.

Sie standen unter alldem – dem roten Himmel, dem Mond, der Leuchtschrift, den frei umherfliegenden Gedanken – und sahen vor sich hin. Lambert war kein guter Raucher. Manchmal wünschte er sich, süchtig zu sein, wonach auch immer.

Wieder dieses seltsame Gefühl, Fe schon lange zu kennen. Angestrengt überlegte er, in welchem früheren Leben er ihr begegnet sein mochte, aber er konnte sich an keines erinnern.

Vor dem Restaurant parkte ein alter schwarzer Plymouth, mit Chromfelgen und langer Antenne am Kofferraum. Ein Straßenkreuzer wie die, von denen Lambert als Kind geträumt hatte. Er hatte längst aufgehört, sich zu fragen, wie spät es bei ihm zu Hause war. Er durfte nicht vergessen, nachher Andrea mitzuteilen, dass er gut angekommen sei.

»Also, was willst du von mir wissen?«

Fe zog an ihrer Zigarette. »Woher kommst du? Wohin gehst du? Was geschieht in der Zwischenzeit?«

»Viele Fragen.«

Über den Bürgersteig kam ein Mann mit Cowboyhut geschlendert, die grauen Haare zu einem Pferdeschwanz gebunden. Als er auf ihrer Höhe war, blieb er stehen und fragte murmelnd, ob sie ihm mit einer Zigarette aushelfen könnten.

Fe hielt ihm die Schachtel hin, und nachdem auch er sich hatte Feuer geben lassen, stand der Mann bei ihnen und zog seufzend an der Zigarette. Auf seiner Stirn stand, aus groben schwarzen Punkten zusammengesetzt, das Wort LOVE.

Offenbar hatte er es sich selbst tätowiert, das L war spiegelverkehrt.

Beim Rauchen sah der Mann Felicitas ins Gesicht. Falls er versuchte, sehnsüchtig auszusehen, versteckte er es gut. Es hatte eher den Anschein, als sei er auf der Suche nach ihrer weichsten Stelle, wo er beginnen könnte, an ihr zu knabbern. Endlich fragte er so leise, dass Lambert es kaum verstand: »Was willst du mit dem? Nichts Besseres gefunden?« Der Mann lachte heiser. Das Murmeln schien eine Angewohnheit zu sein.

Fe lächelte und stieß den Cowboy an den Arm. »Ich weiß auch nicht, was ich mit ihm will. Wir haben uns gerade erst kennengelernt. Gib uns noch ein bisschen Zeit.« Was für ein seltsamer Mensch sie war.

»Pass bloß auf«, murmelte der Mann, und Lambert fiel zu spät auf, dass es eigentlich an ihm gewesen wäre, das zu sagen.

Der Cowboy hatte, als Fe ihn anstieß, ihre Hand gegriffen und hielt sie noch immer fest. Er zog an seiner Zigarette, kniff die Augen zusammen und spitzte die Lippen, als wollte er sie küssen. Dann stieß er vorsichtig einen Rauchring aus. Der Kringel waberte durch die Luft auf sie zu, pulsierend und zärtlich, mit erschreckender Langsamkeit. Keiner schien in der Lage, etwas zu sagen, solange das Gebilde unterwegs war, und Lambert musste sich eingestehen, noch nie etwas gesehen zu haben, das so sehr nach einem Kuss aussah wie dieser Ring aus Rauch. Es sah, wenn Lambert ehrlich war, sogar mehr danach aus als ein echter Kuss.

Ohne Geräusch zerplatzte die Wolke auf Fes Gesicht. Der Stolz in den Augen des Mannes, als sie auflachte. Sie schien nicht gesehen zu haben, wie blöde der Mann beim Blick auf seinen Rauchring zu schielen begonnen hatte.

Der Cowboy zwinkerte Lambert zu. »Guter Trick, geht immer. Schenke ich dir.«

»Tricks haben wir selbst.«

»Lass sehen.«

Eine Frau führte ihre Dogge zwischen ihnen zu dem schwarzen Plymouth. Sie hatte Mühe, den Hund auf den Beifahrersitz zu bekommen, aber mit einiger Gewalt gelang es ihr endlich, die Tür zu schließen. Sie sah sich um und ging hinüber zur Fahrerseite.

Fe räusperte sich, aber Lambert zeigte schon auf den Cowboyhut. »Ob ich den mal haben dürfte?« Der Mann blies einen zweiten Ring in die Luft, wieder das Schielen, wieder der beifallheischende Blick. Dann gab er Lambert den Hut.

Fe sagte: »Drück jetzt bitte nicht deine Zigarette darin aus.«

»Ich dachte, er sucht darin nach Kaninchen«, sagte der Mann und lachte Fe ins Gesicht. Dann drehte er sich langsam zu Lambert um, auf einmal ernst. *»You touch my hat, I scratch your face.«*

»Keine Sorge. Ich lasse ihn nur verschwinden.«

»Und wo soll's hingehen?«, murmelte der Cowboy. »Auf den Mond?« Für einen Moment sahen sie alle zum Himmel.

»Keine Sorge. Nur ein paar Straßen weiter.«

»Schaffst du nie.«

»Schneller, als du Simsalabim sagst.«

»Lass sehen.«

Neben ihnen fuhr der Plymouth an. Lambert hängte den Hut über die Antenne. Sie sahen, wie der Wagen in den Verkehrsstrom einfädelte, wie er die Spur wechselte und beschleunigte, wie der Hut allmählich kleiner wurde. Der Fahrtwind warf ihn hin und her, es sah aus, als würde er winken. Fluchend warf der Cowboy seine Zigarette auf den Bürgersteig und rannte hinterher. Sekunden später war nichts mehr von ihm zu sehen. Geschweige denn von seinem Hut.

13

Großes Hallo, als sie zurückkamen. Die anderen waren im Aufbruch und hatten bereits für sie gezahlt, ließen sich aber gern überreden, noch zu bleiben. Wobei »überreden« nur bedeutete, dass Lambert höflich fragte, ob sie schon gingen.

Als eine neue Runde Sake gebracht war, sagte Stanko, er würde gerne eine Geschichte erzählen, aber sein Englisch reiche womöglich nicht aus. Kathy bot an, ihm zur Seite zu stehen. Sie wirkte, als würde sie die Anekdote bereits kennen, wahrscheinlich hatte sie sämtliche denkbaren Geschichten bereits selbst erzählt.

Stanko sagte, die einzige Nordamerikanerin, die er bislang kennengelernt habe, sei eine Studentin am Konservatorium von Ljubljana gewesen, die im Gegensatz zu ihnen beiden – er zeigte auf Kathy und Fe, wie ein Fremdenführer auf eine Gruppe besonders prächtiger Statuen zeigt – rothaarig gewesen sei. Evelyn, ein Mezzosopran aus Minnesota, mit betörendem Gesang. Von Evelyn habe er zum ersten Mal die berühmte Geschichte von den englischen Mädchen gehört.

»Welche Geschichte?«, fragte Fe.

Stanko sah sich um. »Ist nicht bekannt?« Niemand reagierte. »Vielleicht verschweigt man sie euch. Während des Krieges wurden in England amerikanische Soldaten stationiert. Die wunderten sich, wie draufgängerisch die englischen Mädchen waren. Die wiederum waren verblüfft, wie zielstrebig die Soldaten zur Sache gingen.«

»Wie das?«, fragte der Franzose mit den Seiltricks. Er lispelte, vielleicht vor Müdigkeit.

»Nachdem sie miteinander ausgegangen waren, gaben die Soldaten den Mädchen zum Abschied einen Kuss, was in Amerika kein Zeichen außergewöhnlicher Zuneigung ist. In England war es eine so intime Geste, dass sie als Aufforderung verstanden wurde. Zu ihrer Überraschung fanden die Soldaten sich auf einmal in den Betten der Mädchen wieder.«

»Schöne Geschichte«, sagte Kathy.

»Warum hast du sie erzählt?«, fragte Fe.

»Ihr habt danach gefragt. Mir ging es eigentlich um Evelyn. Sie hatte etwas, das ich bei keiner anderen Frau wiedergefunden habe. Wenn ihr heiß war, schwitzte sie auf der Nase. Nirgendwo sonst, nur diese kleinen Perlen auf dem Nasenrücken. Ist das eine nordamerikanische Sache? Seid ihr auch so?«

Kathy und Fe sahen sich an. Dann schüttelten sie den Kopf. Fe legte Stanko die Hand auf den Arm: »Vermisst du sie sehr?«

Lambert versuchte, die peinliche Stille zu übertönen, indem er erklärte, ebenfalls eine Geschichte aus Slowenien zu kennen. Ende der Achtziger sei er nach Ungarn getrampt, als sie die Grenze nach Österreich gerade für die Flüchtlinge aus der DDR geöffnet hatten. Auf dem Rückweg von Budapest nahm ihn ein Mann aus Ostberlin mit. Sie fuhren auf der Autobahn nach Westen, stundenlang. Die ganze Zeit habe der Mann überlegt, ob er am Ende geradeaus in ein neues Leben fahren oder wie geplant nach Bratislava abbiegen solle, auf den Weg nach Hause. Er habe geschwitzt wie ein Schwein.

»Auf der Nase?«, fragte Stanko.

»Schweine schwitzen nicht«, sagte Fe.

»Er wusste es bis zuletzt nicht. Am Ende hat er mitten auf dem Autobahnkreuz gebremst und mich rausgelassen. Auf einmal war er in Eile. Als ich schon auf der Straße stand, hat er noch einmal die Scheibe heruntergekurbelt und mir eine kleine Visitenkarte herausgereicht. Ich möge so gut sein und ihm die neue *Bravo* schicken.«

»Und, hast du?«

»Zwei Wochen später war die Mauer offen. Da dachte ich, er holt sie sich selbst.«

Stanko wies höflich darauf hin, dass Bratislava die Hauptstadt der Slowakei sei, mit Slowenien habe das nichts zu tun. Er nahm einen Schluck aus seinem Glas und forderte alle auf, es ihm gleichzutun. Der Sake war inzwischen lauwarm.

»Auf das unbekannte Slowenien! Wenn ihr etwas darüber wissen wollt, müsst ihr mich fragen. Ich erzähle gern.« Ob sie wüssten, dass sein Land eine Bronzemedaille im Fremdgehen habe.

»Wie bitte?«, fragte Kathy.

»Sie haben Menschen auf der ganzen Welt nach der Zahl ihrer Sexualpartner gefragt, nach Affären und Seitensprüngen. Slowenien kam auf Platz drei.«

»Hinter wem?«, fragte Kathy.

»Der zweite Platz ging an Neuseeland. Sieger waren ausgerechnet die Finnen.«

»Warum ›ausgerechnet‹?«, fragte Uurtu, ein Illusionist aus Helsinki.

»Ist das eine Einladung?«, fragte Fe.

»Auf welchem Platz stand Kanada?«, fragte Kathy.

Stanko hob entschuldigend die Hand. Dann sagte er: »Noch jemand Sake?«

Niemand reagierte. Er bestellte trotzdem eine weitere Runde.

Lambert hätte sich gut vorstellen können, anderswo zu sein, in einem deutlich kleineren Kreis. Aber Fe machte keine Anstalten aufzubrechen, und er selbst wollte die Initiative nicht ergreifen. Immerhin schien sie sich inzwischen einigermaßen zu amüsieren. Nachdem der Finne einen Polarkreiswitz erzählt hatte, beugte Fe sich in das Gelächter hinein und fragte: »Seid ihr eigentlich immer so? Oder nur nach Auftritten?« Weiter anhaltendes Lachen. Dann allgemeines Schweigen. Fe fuhr fort: »Ich frage mich, wie es euch geht, wenn ihr von der Bühne kommt.«

Sie schauten einander an. Stanko zuckte mit den Schultern. Auch Lambert war nicht nach einer Antwort zumute. Nicht hier, nicht vor den anderen. Am Ende begann der Franzose leise zu sprechen.

»Leere. Jedes Mal. So schön der Beifall ist – sobald er abebbt, verwandelt er sich in sein Gegenteil. Ist es das schon gewesen? Am Ende suchen wir zweierlei: Adoration und Ekstase. Erst willst du stumme Anbetung. Und dann ungebremste, schiere Begeisterung.«

»Wie sympathisch.«

»Ich weiß.« Der Franzose hob den Kopf und sah sie an, seine Augen so traurig, als wäre er bereits seit Langem ausgestorben. »Aber ich will dich sehen, wenn du auf der Bühne alles gibst, und nach der Show fragen sie nur, was die weiteren Pläne für den Abend sind.«

Eine Weile lang waberten die Gespräche noch hin und her. Bisweilen versuchte Lambert etwas einzuwerfen, aber jedes Mal kam er zu spät. Er fühlte eine süße Müdigkeit in den Adern, wie ein kleines

Tier, das eingeschläfert wird. Seit achtundzwanzig Stunden hatte er kein Auge zugetan. Andererseits wurde der Gedanke, sich jetzt einfach hinzulegen, mit jeder weiteren Minute, die er hier neben den anderen unter den Girlanden ihrer viel zu schnellen Wechselreden saß, immer unvorstellbarer. Gerade als er vorschlagen wollte, noch eine Runde Glückskekse zu bestellen, und nur auf eine passende Lücke im Gesprächsfluss wartete, gab Fe das Zeichen zum Aufbruch. Unwilliges Murren, aber niemand wagte zu widersprechen.

Beim Aufstehen nahm sie die beiden Nelken aus der Vase, die nun vollends jämmerlich aussahen. Sie riss sich ein Haar aus und band damit die Blumen zu einem kleinen Strauß zusammen. Mit einem angedeuteten Knicks hielt sie ihn Lambert hin.

»Zum Andenken.«

»Wie nett. Mal sehen, wie lange sie halten.«

Vor der Tür gab es Küsschen für alle, man wünschte einander alles Gute bis zum nächsten Jahr. Lambert bahnte sich einen Weg zu Fe, um auch sie zu umarmen. Er schloss die Augen, legte den Kopf auf die Seite und beugte sich vor. Er hatte eine Wange erwartet, aber was seine Lippen traf, war weich und geschwungen, und es küsste ihn zurück. Die Nordamerikaner mochten seltsam sein, aber solche Wangen hatten sie nicht.

Als Lambert die Augen öffnete, sah Fe nicht weniger erstaunt aus als er selbst. Wer konnte etwas dafür, dass sie sich auf den Mund geküsst hatten? Er hätte gesagt: Ich nicht. Wahrscheinlich ging es ihr ebenso.

Erst als er um die nächste Ecke bog, fiel Lambert auf, dass er auch bei ihr hätte bleiben können. Aber dazu wäre eine Entscheidung nötig gewesen, mit allem, was dazugehörte.

Er machte einen tiefen Atemzug, die Luft war so kalt und zäh, dass er zu husten begann. Dann stand er da, an einen schmiedeeisernen Gartenzaun gelehnt, hinter dem ihm irgendein Busch seine farblosen Blüten entgegenstreckte, und ihm dämmerte, was ihn vom ersten Moment an, seit er vor vielen Stunden zu Fe ins Auto gestiegen war, nicht richtig zu Luft hatte kommen lassen: Er vermisste sie schon jetzt.

14

Die kleine Frau im Hotel lächelte ihn an. Womit sie ihm helfen könne.

»Sie könnten mir den Weg zu meinem Zimmer zeigen.«

»Welches Zimmer, der Herr?«

Sie massierte sich die Schläfe. Offenbar hatte sein Klingeln sie geweckt. Durch die angelehnte Tür in ihrem Rücken erkannte Lambert eine schmale Matratze. Es stellte sich heraus, dass seine Reservierung gestrichen worden war. Sie hätten bereits am Vortag mit ihm gerechnet und sein Zimmer, als er nicht erschien, einem anderen Gast gegeben.

»Kann man da gar nichts mehr machen?«

»Ich fürchte nicht, mein Herr.«

Wie ihn die Müdigkeit schmerzte. Die Frau schaute ihn so mitfühlend an, dass Lambert nahe daran war, sie zu fragen, ob er sich zu ihr legen dürfe. Dann aber schulterte er seine Tasche und ging zurück in die Nacht.

Er wanderte über menschenleere Plätze und durch ausgestorbene Straßen. Anfangs blinkten die Ampeln noch gelb gegen die Dunkelheit an, dann erloschen sie ganz. Lambert durchstreifte ein Netz kleiner Gassen, Rue Montcalm, Rue Panet. Wie lange war es her, dass er zur selben Zeit durch Osnabrück gelaufen war, waren es wirklich nur zwei Nächte? Er lief über Parkplätze und durch Hinterhöfe. Aus der Nacht drang das Piepen zurücksetzender Lastwagen. Lambert durchquerte die unterirdischen Gänge einer Metrostation, in den vergitterten Schaufenstern lagen Kalvarien und Porzellan. Schilder wiesen zum Champ de Mars. Eine tote Rolltreppe führte ihn an die Luft, zurück zum Grollen der Stadtautobahn. Er bog auf einen Boulevard und lief eine Zeit lang in der Mitte der Fahrbahn, mit ausgebreiteten Armen, ein schmales, zerbrechliches Tier. Einmal überholte ihn knatternd ein Mofa und verschwand in der Ferne, auf dem Weg ins Glück oder auf der Flucht davor.

Schließlich landete er am Quai de l'Horloge, am Ufer des Lorenzstroms. Der Uhrturm stand am äußersten Ende der Mole, starr und weiß, eine Allee schmiedeeiserner Laternen tauchte ihn in ihr milchiges Licht. Lambert kletterte über einen Zaun, dann war er am Wasser. Ins Straßenpflaster waren Geleise eingelassen, vom Fluss her zog Nebel auf. Es roch nach Hopfen und Fäulnis, nach Gärung. Er war auf dem Gelände einer Brauerei gelandet, aus den Schloten quoll Dampf, der gleich zu Boden sank und ihm den Atem nahm. Lambert setzte sich an den Kai und zog die Beine an. Er hatte keine Vorstellung, wie spät es war, hier oder an irgendeinem anderen Ort der Welt. Ihm fiel ein, dass er sich bei Andrea melden musste, aber er konnte ihr unmöglich eine Nachricht schicken, solange sie noch schlief. Sie schaltete ihr Telefon nie ab, bevor sie wusste, dass er gut angekommen war. Das Piepen würde sie wecken, und am Ende könnte sie nicht mehr einschlafen.

Ob am Grunde des Lorenzstroms irgendeine Form von Leben möglich war? Es sah nicht danach aus. Nach einer Weile dämmerte Lambert, dass bei Andrea längst Tag war, aber machte das nicht alles nur schlimmer? Sie würde seine Nachricht lesen und gleich versuchen, ihn anzurufen, in bester Frühstückslaune, um seine Erlebnisse zu hören und mit ihm zu besprechen, und Lambert müsste, um es so weit nicht kommen zu lassen, das Telefon immer weiterklingeln lassen in diese seltsame Nacht.

Er saß einfach da und sah vor sich hin, das schwarze Wasser warf die winzigen Lichter vom Ufer der Ile Sainte Hélène zurück. Die Wirbel und Windungen auf dem Fluss beruhigten ihn. Wie war das mit dem Verlieben noch mal genau, dieser Wegfall des Serotonins und alles andere? Er kannte sich damit nicht aus, aber Fe musste es wissen, sie hatte es studiert. Was zwischen ihnen passierte, war nicht zuletzt eine Frage der Zoologie. Lambert hätte sie nur fragen müssen.

Wenn er aufstieß, roch es nach Sake. Wenn er nicht aufstieß, roch es nach Brauerei. Lambert erhob sich und stützte sich dann lange an eine Laterne, aber sosehr er auch würgte, es kam nichts heraus. Ihm stand ohnehin nicht der Sinn nach einer Wiederbegegnung mit unverdauten Glückskekszetteln.

Positionen, in denen Schlaf nicht möglich war: an den Fuß einer Laterne gelehnt, während ihm die Kälte in den Rücken fuhr. Im Schneidersitz, das Gesicht in den Händen verborgen. Die Stirn ans kalte Metall der Laterne gepresst, die er mit einer Hand umarmte. Auf der Seite liegend, den Kopf auf seine Tasche gebettet, während die Augen versuchten, sich auf der tanzenden Oberfläche des Flusses festzuhalten.

Gedanken, die ihm durch den Kopf gingen, während er abwartete, ob irgendeine dieser Positionen am Ende doch noch zum Schlaf führen mochte: ob das Unwohlsein, das ihn befallen hatte, sich je wieder abschütteln ließ. Was es über ihr Verhältnis aussagte, dass bei Andrea heller Tag war und bei ihm tiefe Nacht. Wenn er herauszufinden versuchte, was mit ihm war, verwirbelten seine Gedanken wie die Muster auf dem Wasser des Flusses. Er versuchte, ruhiger zu atmen. Sie hatte ihn geküsst, na und? Er malte sich aus, was folgen würde. Die Fragen, die Zerrissenheit. Konnte er gar nichts dagegen unternehmen? Kam es von dem Haar, das sie sich ausgerissen hatte? Lag ein geheimer Fluch darauf, hatte sie ihn damit gebunden? Lambert fühlte sich auf seltsame Art verzaubert. Es war ein recht unheimliches Gefühl.

Am Ende holte er doch noch sein Telefon aus der Tasche. Lange Zahlen im Kopf zu behalten gehörte zu seinem Beruf. Wozu sonst hatte er Kathy dazu gebracht, Fe nach ihrer Nummer zu fragen?

Gibt es hier einen Tierpark? Es können doch nicht alle ausgestorben sein. Bist du dabei?

Er bekam keine Antwort. In den Himmel über der Insel mischte sich schon das erste Blau, als er mit dem Telefon in der Faust endlich einschlief.

15

Lambert wachte davon auf, dass er starb. Um genau zu sein, schreckte er hoch, weil sein Herz zu schlagen aufgehört hatte. Im Traum war es stehen geblieben, und nun presste er die Hand auf die Brust, um zu überprüfen, ob alles in Ordnung war, aber auch auf dieser Seite des Schlafs tat sich da drin nichts. Absehbar, dass das kein gutes Ende nehmen würde, die Biologie ließ nicht mit sich reden. Es hatte ihn erwischt. Er musste etwas tun.

Lambert sprang auf und stieß sich den Kopf an einer Verzierung der Laterne. Sein Telefon fiel ihm aus der Hand, er sah es über das Pflaster schlittern, auf den Rand der Mole zu, aber dafür hatte er nun wirklich keine Zeit. Erst einmal musste er überleben. Auf einem Bein hüpfte er um die Laterne herum, damit sein Blutkreislauf in Bewegung kam, eine Hand auf den Brustkorb gepresst. Als er nach einer Weile keuchend stehen blieb, stellte er fest, dass sein Herz die ganze Zeit schlug. Wie wild, aus großer Tiefe. Wie hatte er es nur überhören können?

Lambert hockte sich hin und legte die Stirn auf das Pflaster. Ein paar Mal atmete er einfach ein und aus. Dann krabbelte er hinüber zum Rand der Mole, wo sein Telefon lag. Er hatte keine neuen Nachrichten.

Auf dem Rückweg in die Stadt kam er an seinem Hotel vorbei, wo gerade ein Taxi abfuhr. Er konnte nicht lange geschlafen haben, aber es war jetzt nahezu hell. Durch die Glastür sah er die kleine Asiatin wieder, sie stand hinter dem Tresen der Rezeption und feilte ihre Fingernägel. Leise trat er ein, eine Hand noch immer auf die Brust gepresst. Erst als er direkt vor ihr stand, sah sie auf.

»Ob es möglich wäre, das eben frei gewordene Zimmer zu bekommen?«

»Für wen?«

»Für mich.«

»Für morgen?«

»Für jetzt.«

»Aber die Nacht ist vorbei.«

»Das dürfen Sie nicht sagen. Ich hatte noch auf einen kleinen Rest davon gehofft.«

»Das Zimmer ist ja gar nicht gemacht.«

»Egal. Ich müsste einfach noch etwas schlafen.«

Sie sah ihn an, wie man einen Hund ansieht, der einem unter dem Tisch am Hosenbein schnüffelt. Dann schlug sie das große Buch mit den Reservierungen auf, blätterte darin, griff nach dem Telefonhörer, ohne ihn abzunehmen, sah auf ihre Fingernägel.

»Sie müssten bis neun aus dem Haus sein.«

»Wie spät ist es jetzt?«

»Halb sechs.«

»Das wäre wunderbar.«

»Ich gebe es Ihnen günstiger. Aber wir müssten Sie bitten, im Voraus zu bezahlen.«

»Gerne.«

Er holte aus der Hosentasche, was ihm von seiner Gage geblieben war, dazu die beiden zerknitterten Nelken und legte alles auf den Tresen. Die Frau schob wenige Scheine zurück und reichte ihm einen Schlüssel. Auf den schweren goldenen Anhänger war die Zimmernummer 504 geprägt.

»Der Frühstücksraum öffnet in einer halben Stunde.«

»Danke. Nicht nötig.«

»Dann wünsche ich eine gute Nacht.«

Sie lächelte ihn an, die Nagelfeile schon wieder in der Hand, und er stand da, mit dem Schlüssel und der Tasche, und wusste, dass er nun zum Fahrstuhl gehen müsste. So ging das Spiel. Aber er rührte sich nicht von der Stelle.

»Ja?«

»Haben Sie je erlebt, dass Ihr Herz stehen bleibt?«

»Nein, warum?«

»Mir ist es eben passiert.«

»Merkt man Ihnen nicht an.«

»Inzwischen schlägt es auch wieder. Hoffe ich jedenfalls.« Wieder hielt er sich die Hand an die Brust. »Wollen Sie einmal fühlen?«

Sie warf ihm einen skeptischen Blick zu, dann beugte sie sich vor und hielt ihre Hand neben seine. Durch den Stoff der Jacke drangen schwache, gleichmäßige Schläge. Lambert sagte: »Ich überlege, ob es nicht besser wäre, in eine Klinik zu gehen.«

»Die Entscheidung kann ich Ihnen nicht abnehmen. Aber für mich fühlt es sich regelmäßig an. Könnte es sein, dass Sie etwas aus der Balance sind?«

»Das beschreibt es wohl ganz gut.«

»Nun.« Sie nahm die Hand zurück und griff wieder nach der Nagelfeile. Langsam fuhr sie damit über ihren Daumen, als schnitte sie einen Laib Brot, dann räusperte sie sich und sagte: »Mein Freund hatte etwas Ähnliches, als wir uns kennenlernten. Es war unser erstes Mal. Mitten in der Nacht wachte er auf und glaubte, es sei vorbei.«

Lambert stellte die Tasche auf den Boden. »Genau so ist es. Wie ging es weiter?«

»Sie haben ihn wochenlang untersucht.«

»Und?«

»Nichts.«

»Nichts?«

»Außer dass es einfach nicht verschwand. Es hat ihn in den unmöglichsten Momenten erwischt.

Beim Zähneputzen. Im Kino. Einmal stand er vor mir an der Supermarktkasse und flüsterte ›Leb wohl.‹ Mir fielen fast die Einkäufe runter. Er stand da, auf das Laufband gestützt, das ihn langsam von mir wegbewegte. Ich konnte ja nichts machen.«

»Das tut mir leid.«

»Nach ein paar Minuten war es jedes Mal wieder gut. Und kein Arzt konnte etwas finden. Am Ende ist er selbst in die Bibliothek gegangen und hat herausgefunden, was es war.« Die Frau sah ihn an, irgendwo zwischen Verzweiflung und Stolz. »Man nennt es Herzangst. Obwohl mit dem Herzen eigentlich nichts ist. Außer die Sorge, es könnte aufhören zu schlagen. Sobald er das verstanden hatte, war es vorbei.«

»Wie ausgesprochen beruhigend.«

»Ja. Für alle.«

Lambert hob seine Tasche auf und machte eine kleine Verbeugung. »Ich danke Ihnen. Sagen Sie Ihrem Freund bitte einen Gruß von mir. Bei Gelegenheit.«

Am Fahrstuhl sah er sich nach ihr um. Wieder der Gedanke, warum er nicht einfach gefragt hatte, ob er sich zu ihr legen dürfe. Aber sie war ja vergeben. Und er auch. An wen auch immer.

Im Zimmer stellte Lambert seine Tasche auf den Tisch. Als er die Vorhänge zuziehen wollte, sah er die Silhouette eines Raubvogels über den Himmel gleiten und daneben seinen Schatten, der ihm beharrlich folgte. Es dauerte einen Moment, bis Lambert begriff, dass man auf den Himmel keinen Schatten werfen konnte. Es war ein zweiter Vogel, der dem ersten folgte, treu wie eine Erinnerung.

Die benutzte Decke warf er auf den Sessel, rollte sich so, wie er war, auf die Matratze und deckte sich mit seiner Jacke zu. Das Letzte, was er im Halbdunkel des Raumes erkannte, war eine Reihe zerlesener Bücher auf dem Nachttisch, deren seltsame Titel ihn zu anderen Zeiten neugierig gemacht hätten. So aber drehte er sich zur Seite und schlief auf der Stelle ein.

16

Andrea hatte er auf einer Wanderung in den Bergen kennengelernt. Ein Regenguss, er war allein unterwegs und flüchtete sich in eine Abtei. Der Kirchenraum war leer, offenbar wurde gearbeitet, überall sah er Leitern und Gerüste, Werkzeug und Druckluftflaschen, aber keine menschliche Seele. Triefnass hatte Lambert seine Sachen über den Taufstein geworfen und sich in eine der Bänke gesetzt. Sein Schweigen hatte weniger mit Andacht zu tun als mit der Unsicherheit, wie es, wenn der Regen nicht enden würde, mit dem Tag weiterging.

Nach einer Weile hörte Lambert von oben ein Rascheln. Im ersten Moment glaubte er, es sei Gott.

Dann schob sich ihr kleines Gesicht über das oberste Gerüstbrett, und sie sagte leise: »Hallo?« Es hallte durch den ganzen Kirchenraum.

»Was machen Sie denn da oben?«

»Ich restauriere. Was machen Sie da unten?«

»Ich suche Schutz. Störe ich?«

»Nicht besonders. Aber fassen Sie nichts an.«

Er besah sich die Kirche, den Hochaltar, die Kanzel, die Fürstengruft, mit auf dem Rücken verschränkten Händen las er sich jede der Votivtafeln durch, die Bitten und den Dank. An der Marienkapelle stand *Zuflucht der Sünder.* Lambert betrachtete die Pracht mit gemischtem Gefühl und zudem noch immer halb nasser Kleidung, während von oben ab und zu ein Räuspern oder Seufzen drang. Es schien eine beschwerliche Arbeit zu sein.

Endlich brach er das Schweigen: »Hier unten hätte ich alles gesehen. Trocken allerdings bin ich noch nicht. Gehören die Deckengemälde mit zur Besichtigung?«

»Sie sind ja einer.« Ihre Stimme schien von überallher zu kommen. »Na schön, klettern Sie hoch. Aber geben Sie mir nicht die Schuld, wenn Ihnen schwindelig wird.«

Er hangelte sich am Gerüst empor und war froh, dass sie sich wieder ihrer Arbeit zugewandt hatte, er gab wohl keine besonders engelsgleiche Figur ab. Als er den Kopf über das Brett streckte, saß sie im Schneidersitz vor ihm, im weißen Kittel, das Haar mit einem Kopftuch zusammengehalten, einen Pinsel im Mund, und ein halb nackter Mann beugte sich über sie. Der Mann war an die Holzdecke gemalt, im Arm hielt er eine Begleiterin, die kaum züchtiger bekleidet war. Ein gewaltiger Engel folgte ihnen. Ganz offensichtlich stand die Vertreibung aus dem Paradies bevor.

»Sie kommen gerade richtig. Ich bin beim Apfel.«

»Das würde Ihnen so gefallen.« Lambert hockte sich neben sie.

»Sieht er nicht einladend aus?«

Sie zeigte auf die Frucht an der Decke. Eine Hälfte war stumpf und dreckig, die andere strahlte wie frisch vom Baum gepflückt.

»Eindrucksvoll. Selbst gemalt?«

Sie warf ihm einen Blick zu. Ihre Augen hatten diese Farbe leerer Weinflaschen, bei denen man nie wusste, ob sie ins grüne oder braune Altglas gehörten.

»Nein, ich füge nichts hinzu. Ich nehme nur den Dreck weg.«

»Und der Pinsel?«

»Wasser. Wenn es zu sehr klebt, kommt ein Tropfen Lösungsmittel rein.«

Sie wandte sich wieder dem Deckenbild zu und wischte in winzigen Drehungen über den immer gleichen Fleck.

»Und das machen Sie den ganzen Tag? Pinsel, Wasser, wischen?«

»Wenn Sie genau hinsehen, merken Sie, dass es kein Pinsel ist.« Sie zupfte etwas von dem Holzstab und warf es in einen Eimer. Dann pflückte sie aus einer Tüte etwas Watte und wickelte sie vorsichtig um das Stäbchen.

»Wäre es nicht leichter, alles neu zu malen?«

»Viel leichter. Aber man findet heutzutage kaum mehr alte Meister.«

Lambert sah der Frau zu und wäre ihr gerne auf irgendeine Weise zur Hand gegangen, aber sie schien alles, was sie brauchte, selbst machen zu können. Endlich sagte sie: »Das Entsetzliche ist: Man will es retten und zerstört es dabei. Man dürfte nichts als Staub abtragen, aber es kommt immer ein Hauch Farbe mit. Schauen Sie.« Sie hielt ihm den Wattebausch hin. In dem schmutzigen Grau leuchtete ein wenig vom Rot des Apfels. »Der einzige Trost besteht in der Aussicht, dass es nachher wieder für hundert Jahre so bleiben kann. Und man versucht nicht daran zu denken, dass alles, was wir heute über das Restaurieren wissen, morgen schon überholt sein wird. Sie machen sich keine Vorstellung davon, mit welchen Kamikazemethoden sie früher rangegangen sind. Halbe Epochen wurden ausradiert.«

»Das tut mir leid.«

»Tun Sie nicht so.«

»Nein wirklich. Ich ertrage Vergänglichkeit nicht gut.«

»Keine gute Voraussetzung für ein Leben in dieser Welt. Geht mir aber nicht anders.« Sie wechselte die Watte erneut. »Wahrscheinlich bin ich deshalb hier gelandet.«

Eine Weile sagten sie beide nichts. Die Frau wischte, und er sah ihr zu, irgendwann merkte er, dass er jede Drehung ihrer Finger mit einer winzigen Bewegung seiner Hand begleitete.

»Ursprünglich ging man davon aus, die Fresken seien so alt wie die Kirche, was sie zu den ältesten nördlich der Alpen gemacht hätte. Aber mit jeder Lage Dreck, die verschwindet, wird deutlicher, dass die Vermutung nicht zu halten ist. Historisierend gemalt, mittlerweile tippe ich, dass es keine hundertfünfzig Jahre sind.«

»Warum hätte jemand malen wollen wie im Mittelalter?«

»Aus Sehnsucht?«

»Oh. Ja, das leuchtet ein.«

»Was dieser zu spät Geborene nicht wusste: Im Mittelalter hatten die Flügel der Engel Farbverläufe. Dieser hier aber trägt unter dem Dreck einen roten und einen grünen Flügel. Was im neunzehnten Jahrhundert nicht ungewöhnlich war.«

»Wie gewissenhaft. Er zeigt backbord und steuerbord an.«

»Immerhin. Gewissenhaftigkeit ist ziemlich genau das, was ich von einem Engel erwarte. Fällt Ihnen sonst nichts an ihm auf?«

»Nicht direkt. Außer dass ich auch gerne einen roten und einen grünen Flügel hätte.«

»Es würde Ihnen zumindest später den Abstieg erleichtern. Aber das meine ich nicht. Schauen Sie mal genau, wer den Apfel hält.«

»O nein. Der Engel selbst.«

»Da staunen Sie.«

»Es sieht aus, als drängte er ihn den beiden auf.«

»Beängstigende Vorstellung.«

»Und wo steckt die Schlange?«

»Verkriecht sich irgendwo. Bisher jedenfalls ist sie unter dem Staub noch nicht wieder aufgetaucht. Schließlich hat Gott sie verflucht, ihr Leben lang Erde zu fressen.«

»Was passiert eigentlich, wenn man am Apfel nur mal riecht?«

»So wie der hier aussieht, will man auch reinbeißen, wenn man ihn schon mal in der Hand hat.«

»Eins habe ich ohnehin nie verstanden: Geht es eigentlich um Sex oder um Erkenntnis? Und welche Erkenntnis würde die Verführung bringen?«

Eine Weile lang schauten sie beide auf das Bild, dann wickelte die Frau einen neuen Streifen Watte um das Stäbchen und fuhr fort, den Apfel freizulegen. Endlich sagte sie: »Es ist wohl ein spätes Missverständnis.«

»Sie reden sich raus.«

»Immerhin ist in der Bibel von einem Apfel nie die Rede.«

»Wie bitte?«

»Es ist wie mit dem Frosch. Alle denken, man muss ihn küssen, um einen Prinzen zu bekommen.«

»Und?«

»Stimmt nicht. Man wirft ihn gegen die Wand.«

»Herrje, Sie haben recht, ich hätte ihn auch geküsst.«

Sie fuhren fort in dem, was sie gerade taten. Die Frau arbeitete, und Lambert sah ihr zu. Er mochte die Bewegung ihrer nackten Arme. Von ihm aus hätte es jahrelang so weitergehen können. Es verlangte ihn nach nichts, nach keiner Erkenntnis, keiner Verführung. Ab und an riss er einen Streifen Watte ab und hielt ihn ihr hin.

»Eine andere Verwechslung, die mir immer unterläuft: Paradies und Schlaraffenland.«

Sie warf ihm über die Schulter einen Blick zu und wischte dann weiter.

»Ich habe gehört, das geht vielen so«, sagte Lambert.

»Der Unterschied liegt im Nahrungsangebot«, antwortete sie. »Ist eigentlich leicht zu merken.«

»Ich heiße übrigens Lambert.«

»Komischer Name.«

»Das sagen manche. Und Sie?«

»Was ich dazu sage?«

»Wie Sie heißen.«

»Andrea.«

»Das freut mich. Wissen Sie vielleicht, was *Sit janua coeli* bedeutet? Es steht über einer der Kapellen.«

»›Dies ist der Eingang zum Himmel.‹«

»Vielversprechend.«

Als sie nichts entgegnete, fuhr er fort:

»Schöner Ort jedenfalls. Hier möchte man bleiben.«

»Ist das so?«

Lambert schwieg. Es wäre zu kompliziert gewesen, ihr zu erklären, dass er mit Ort eher sie meinte.

17

Diesmal war es eine Nachricht, die ihn weckte. Lambert zog die Traumbilder weg, dann seine Jacke und die Vorhänge und fand endlich seine Hose mit dem Telefon.

Alles klar bei dir? Wir machen uns Sorgen.

Die Nachricht kam von Andrea. Wer um alles in der Welt war »wir«? Eine Weile lang starrte er auf das Telefon und begann dann, eine Antwort zu schreiben. *Es geht* –, schrieb er und setzte dann neu an: *Ich* –. Es half nicht, er war noch zu müde. Das Telefon zeigte 06:43. Wie spät war es dort, wo er herkam? Lambert war unsicher, in welcher Zeitzone er daheim war.

Er ließ sich zurück aufs Bett fallen und schaute zur Decke. Wie das Auge begann, in den winzigen Schatten und Unebenheiten des Putzes Gestalten zu sehen. Dass man überall Gesichter erkannte und dann die Geschichten dazu, nie ließen sie einen in Ruhe. Vielleicht könnte er, wenn er nur lange genug zur Decke starrte, wieder in den Schlaf finden.

Nach der Beerdigung seines Vaters hatte es Kuchen gegeben. Sobald der Kaffee kam, löste sich die Stimmung. Beim zweiten Stück Torte klagte eine Großtante mit hoher Stimme, sie habe mal wieder die ganze Nacht wach gelegen. Worauf Lamberts Onkel vom anderen Ende der Tafel rief: »Wer nachts nicht schlafen kann, von dem träumt gerade jemand.« Es gab ein großes Oho, und alle hatten schelmisch mit dem Finger auf die Großtante gezeigt.

Lag Lambert wach, weil jemand von ihm träumte? Und wer konnte das sein?

Andrea und er hatten nie darüber gesprochen, ob sie zusammen waren. Es hatte sich einfach nicht ergeben. In der ersten Zeit nach dem Kennenlernen in der Abtei war daran nicht zu denken gewesen, und irgendwann war es zu spät, um das Gespräch noch darauf zu bringen. Und es hatte ja auch niemand je in Zweifel gezogen.

Nach einer Weile hörte er, dass die Schatten auf der Decke leise seufzten. Er hob den Kopf, um die Ohren frei zu haben, aber es war nicht zu überhören: ein kleines, wohliges Seufzen, das jetzt lauter wurde und auf eine Weise regelmäßig, dass es nur einen Grund dafür geben konnte. In Zimmer 505 schien jemand erwacht zu sein. Eine Frau.

Lambert richtete sich auf. Er legte das Ohr an die Wand. Ein Summen, Stöhnen, Ächzen, Ließ sich aus solchen Urlauten auf das Äußere der

Frau schließen? War es überhaupt ein Mensch? Er versuchte sich vorzustellen, wie sie aussah, in schnellem Wechsel tauschte er Gesichter, Haarfarben, Physiognomien wie bei einer Anziehpuppe aus Papier. Gerade als er auch das Modell *üppig-blass-rothaarig* verworfen hatte, mischte sich auf einmal die Stimme eines Mannes in das Konzert. Er wiederholte im Wesentlichen den Part der Frau, allerdings einige Oktaven tiefer, durchdringender, gehetzter. Auf merkwürdige Weise lag Lambert mit den beiden im Bett, ohne sie sehen zu können, er war Teil eines Dreiers geworden, für den er sich nicht entschieden hatte, dem er aber auch nicht mehr entkam. Mittlerweile ließ sich anhand der Geräusche kaum mehr nachvollziehen, was nebenan vor sich ging. Lambert nahm das Ohr nicht mehr von der Wand, bis sie im Nachbarzimmer zur Ruhe gekommen waren.

Dann stand er auf und ging in das winzige Bad. Das Wasser schmeckte nach Rost. Er wusch sich lange, auch Hals und Ohren, und schäumte sich die Bartstoppeln ein. Als er eben im Begriff war, mit hochgerecktem Kinn die Klinge anzusetzen, bemerkte er, dass jemand ihm zusah. Ohne den Kopf zu drehen, die Hand mit der Rasierklinge noch immer erhoben, spähte Lambert zur Seite.

Entwarnung. Er war es selbst, seine Spiegelung im Fenster. Er zwinkerte sich zu, keine Gefahr. Da war nichts als ein zweites Ich. Im Profil sah es fremd aus.

Er rubbelte sich trocken und trat, noch immer nackt, zurück ins Zimmer. Auf dem Bett hockend, schrieb er Andrea eine Antwort.

Erst seit gestern hier wg Zwischenlandung Irland. Montreal ist ein Traum. Auftritt gelungen, jetzt allein im Hotel. Nebenan vögeln gerade zwei. Denke an dich. L

Genau 160 Zeichen, sollte keiner sagen, dass es nicht zugewandt klang. Auch wenn für einen Kuss kein Platz geblieben war.

Lambert zog sich ein T-Shirt über den Kopf, aber es war falsch herum, sodass er alles von hinten nach vorne drehen musste. Der enge Ausschnitt schnitt beim Drehen in den Hals, als würde ihm der Kopf abgetrennt.

Die Asiatin an der Rezeption befand sich gerade im Gespräch mit einer Frau, neben der drei dicke Kinder und drei ebenso dicke Koffer warteten. Lambert stahl sich an ihnen vorbei.

Über eine Brücke erreichte er die Ile Sainte Hélène, die er nachts vom Kai aus gesehen hatte. Im Morgenlicht wirkte sie lebendiger als in der Dunkelheit. Die gestern noch irrlichternden Laternen waren erloschen, Kinder fuhren mit ihren Rollern im Slalom um die Pfähle herum, an einem stand ein Hund und schnüffelte wie von Sinnen.

Lambert ging bis zur südlichen Spitze der Insel, wo er sich ans Ufer hockte. Vor ihm die endlose Wasserfläche des Flusses, breit und ruhig wie ein See. Lambert stellte sich vor, es sei die Stirn Gottes, vor der er saß, der Alte schien sich keine großen Sorgen zu machen. Nur manchmal warf eine Böe verspielte Wellen darüber, die Muster ins Sonnenlicht malten. Die Geräusche der Stadt verschwammen zu einem gedämpften, wohligen Rauschen. Auf dem Wasser einzelne Ausflugsschiffe, Lastkähne, ein paar Segelboote, deren Takelage schlaff herunterhing wie die weiße Fahne einer geschlagenen Armee.

Je länger Lambert hinausstarrte, desto überzeugter war er, dass der Wasserspiegel zum Horizont hin anstieg. Nach vorne aber, zu ihm hin, war er ganz offensichtlich abschüssig. Lambert hielt sich an einem Grasbüschel fest. Längst hätte das Wasser ihn überspülen, mitreißen und unterwirbeln müssen, und selbst sein Wissen, dass das nicht sein konnte, dass unmöglich war, was er sich einbildete, nahm dem Eindruck nichts von seiner Gewalt.

Auch sein Herz war noch immer nicht zur Ruhe gekommen.

Er hatte sich gerade die Schuhe ausgezogen, um seine Füße im Wasser zu kühlen, als eine Nachricht eintraf.

Bin dabei. Am Vormittag sind die Fütterungen. Mache gerade noch die Pferde fertig, dann fahre ich los. In einer Stunde am Eingang.

Die Sonne hatte sich unterdessen über die Türme der Stadt erhoben. Ihr gegenüber stand ein schon nicht mehr ganz voller Mond. Wie erstaunlich es war, dass die beiden Kreise gleich groß waren. Dass, wenn sie zusammenkamen, einer den anderen genau bedeckte. Man wartete immer auf Wunder, hier hatte man eines. Das war es, was Lambert ein Wunder nannte – wenn weit entfernte Dinge auf erstaunliche Weise übereinstimmten. Himmelskörper zum Beispiel.

Zauberei dagegen gehörte nicht ins Reich der Wunder. Wahrscheinlich gab es keinen größeren Unterschied als den zwischen Wunder und Zauberei. Lambert beschloss, von nun an jeden Tag ein Wunder zu erleben.

Vielleicht, dachte er, als er sich seine Schuhe wieder anzog, war es auch nur erstaunlich, dass er sich genau an jenem Punkt im All befand, von dem aus Sonne und Mond gleich groß erschienen. Was wusste man schon, wie es anderswo war, man konnte es ja nur von sich aus beurteilen. Alles eine Frage der Konstellation, des Zusammenspiels.

Er hörte ein Glöckchen und sah sich um. Über den Uferweg kam eine Schafherde auf ihn zu. Dahinter folgten ein Schäfer und sein Hund. Ehe Lambert aufstehen konnte, hatten die Tiere ihn erreicht und wogten um ihn herum. Er war umgeben von Leibern, von Köpfen, Glocken und Eutern, ihn trafen die Hufe weghoppelnder Schafe, ihre schmutzige Wolle kitzelte sein Gesicht, erschrocken sprang ein Lamm auf ihn zu und landete auf Lamberts Schoß. Mit einem kleinen Schrei stieß er es von sich.

Dann öffnete sich das Fellmeer, und die Herde war vorüber. Der Schäferhund bellte leise, als er an Lambert vorbeitrottete. Übrig blieben halb zertretenes, halb abgefressenes Gras, eine eindrucksvolle Zahl von Schafsköteln und Lambert selbst. Er sah den Tieren hinterher, ihre rosa Ohren leuchteten im Gegenlicht. Langsam drehten sie die Köpfe dem Wasser zu, in einer einzigen gemeinsamen Bewegung, einig wie ein Sonnenblumenfeld. Als sie zum Ufer liefen, um zu trinken, franste die Herde nach den Seiten aus. Dann lief ein Wogen durch ihren Rand, der Hund jagte vorbei, und der Körper der Herde zog sich vor ihm zusammen, um gleich darauf, als er vorüber war, wieder nachzugeben.

Lambert stand auf. Es war Zeit zu gehen, ihm knurrte der Magen. Er wischte sich über die Hose, aber bis auf ein paar Wollfussel und den noch immer sichtbaren Rand des Milchflecks war sie sauber geblieben. Wie unversehrt er, wenn man nicht zu genau hinsah, bislang durchs Leben gekommen war. Ohne übermäßige Anstrengung, ohne sich abzunutzen. Wäre er eine Adventskerze, er wäre die vierte.

18

»Ich wollte schon als Kind immer wissen, was sich nicht gehört.«

»Um es zu tun?«

»Um wählen zu können.«

Fe hielt eine Eidechse auf der Hand. In der anderen Hand hielt sie den Schwanz der Eidechse. Bis auf die Reste einer Schulklasse waren sie allein im Reptilienhaus. Fe hatte sich kurz umgesehen, ob niemand zusah, und die Eidechse dann aus ihrem Terrarium geholt, um Lambert alles zu erklären – die Liebe zu Wärme und Trockenheit und die Liebe zu wirbellosen Lebewesen, auf die sie Jagd machten. Die gut sichtbaren Trommelfelle, die beweglichen Lider, ihre Fähigkeit zur Selbstbefruchtung, das Glitzern des Schuppenpanzers, ihre Eigenart, bei Gefahr den Hinterleib abzustoßen.

»Der Schwanz zappelt noch einige Zeit weiter, um die Aufmerksamkeit möglicher Verfolger auf sich zu ziehen«, hatte sie gesagt. Im nächsten Moment hielt sie den Hinterleib in der Hand. Selbst Lambert, der doch einen Blick für Tricks hatte, konnte nicht sagen, ob es Absicht gewesen war.

Fe sah sich um, aber niemand beobachtete sie. Die letzten Schüler schlenderten hinüber zu den Krokodilen. Für einen Augenblick hielt Fe die beiden Teile wieder aneinander, womöglich im Versuch, die Trennung ungeschehen zu machen. Sie sah aus wie ein Kind, das prüft, ob ein Puzzleteil passt. Dann legte sie beide Hälften der Eidechse zurück in ihr Becken. Nur an der Art, wie sie danach ihre Hände an der Hose abwischte, erkannte Lambert, dass sie sich schämte.

Den nächsten Raum durchquerten sie rasch – einige Schüler stießen sich beim Versuch, ihren mitgebrachten Proviant an die Alligatoren zu verfüttern, fast gegenseitig in den Wassergraben, wo die Tiere das Spektakel über ihren Köpfen, das Wedeln mit den Pausenbroten, das Kreischen und die herabregnenden Schokoriegel mit jahrtausendealter Müdigkeit ertrugen.

Sie liefen an raumhohen Aquarien vorbei, Lambert zwinkerte einem riesigen Wels zu, der einsam in seinem Becken trieb, aber der Fisch zwinkerte nicht zurück, und Fe zog ihn weiter. Erstaunlich, wie viele Tierarten es gab. Wozu diese Abwechslung? Und was für ein großer Unterschied es war zwischen einem Flusspferd und einem Seepferd.

Bei den Säugetieren wurde Fe sicherer. Von manchen Tieren wusste sie Anekdoten aus ihrer Lebensgeschichte zu erzählen und zeigte auf verkümmerte Rückenflossen, Kiemenreste, Fühlerpaare.

Eng beieinander streiften sie durch einen Saal, der die Ahornwälder Quebecs nachbildete. Der schmale Weg führte sie über Wurzeln und Moos, von allen Seiten griffen Zweige nach ihnen und versuchten, sie aufzuhalten. Es roch nach nasser Erde, nach Baumharz und Rindenmulch. Über einige herausstehende Steine querten sie einen flachen Bachlauf, in der Mitte sah Lambert sich nach Fe um und streckte die Hand nach ihr aus. Mit zwei Sprüngen war sie bei ihm. Das Wasser floss zu einer Längswand der Halle, auf die das Bild einer weiten Seenlandschaft projiziert war. Am Fuß der Wand türmten sich Dutzende kreuz und quer ineinandergefügter Baumstämme zu einem gewaltigen Staudamm. Oben auf den Stämmen saß ein Biberpärchen und putzte sich verlegen das Fell.

»Deine Pferde gibt es hier offenbar nicht.«

»Die Przewalskis? Nein. Sonst hätte ich sie ja nicht einfliegen müssen.«

»Prze... was?«

»Sie heißen so. An der Aussprache sind schon Generationen angehender Zoologen verzweifelt. Denk einfach an ein Cheval und setz ein P davor.«

»Klingt nach allem Möglichen, aber nicht nach Pferd. Wo kommen sie her?«

»Aus der Steppe. Innerasien, Mongolei, die Ecke. Aber meine sind aus Europa, wie du. Es hat viele Versuche gegeben, sie irgendwo auszuwildern, wo keiner sie stört. Dafür kommt bei euch halt nicht mehr viel infrage. Menschenleer ist es nur noch in menschenfeindlicher Umgebung. Meine sind in den Hügeln von Tschernobyl aufgewachsen.«

»Wie bitte?« Lambert zog die Augenbrauen hoch. »Die sind aus Tschernobyl?«

»Es war ein Versuch. Die Sperrzone ist ideal. Riesiger Auslauf, Wasser, Gras, kontinentales Klima. Und keine Menschenseele weit und breit.«

»Wahnsinn. Przewalskis aus Tschernobyl.«

»Ein echter Zungenbrecher.«

»Und wie fängt man sie ein?«

»In den Anfangsjahren hat man versucht, sie mit Fallen zu fangen, aber die Pferde rissen so lange an den Eisen herum, bis sie wieder frei waren, selbst wenn sie dabei einen Fuß verloren. Manchmal fanden die Jäger die verendeten Tiere in der Nähe der Fallen, verblutet. Offenbar war ihnen der Tod lieber als die Gefangenschaft. Es gelang nicht, auch nur ein einziges Exemplar lebend zu fangen. Also kam ein einfacheres Mittel zum Einsatz: Kurz nach der Niederkunft schoss man die Stute ab und nahm ihren Nachwuchs mit. Der wurde von Hauspferden aufgezogen, deren Fohlen man getötet hatte.«

»Manchmal sind die Menschen wirklich trostlos.«

»Heutzutage geht man anders vor. Meine Pferde zum Beispiel wurden mit einem zahmen Judaspferd eingefangen. Das läuft ins Gatter, der Herdentrieb lässt die anderen folgen. Bevor sie sich an dem Judaspferd rächen, holt man es heraus.«

»Und jetzt sind sie hier. Und du versuchst die Uhr zurückzudrehen. Damit irgendetwas neu beginnt.«

»Mit den Pferden? Deren Auswilderung wird unsere Gegenwart nicht groß ändern. Heute Morgen habe ich sie vorbereitet, morgen geht es raus. Kommst du mit?« Fe strich sich eine Strähne aus der Stirn.

»Ich kann nicht.«

19

Sie waren vor einer kleinen Tür angelangt, Fe stieß sie auf und winkte ihn herein. Sie traten in ein Halbdunkel, etwas fuhr Lambert übers Gesicht, Streifen aus Seide oder Taft, Fe drehte sich zu Lambert um und schloss die Tür. Er hörte sie flüstern, dicht an seinem Ohr: »Sonst fliegt hier alles weg.« Sie teilten die Stoffbahnen, wie man einen Vorhang teilt, um auf die Bühne zu treten.

Der Raum war voll mit Nachtfaltern. Anfangs waren nur die zu sehen, die gerade in der Luft waren, eine zitternde, tanzende Wolke. Aber je länger Fe und er bewegungslos dastanden und schauten, desto mehr von ihnen tauchten aus dem Zwielicht auf. Sie saßen in den kleinen, blinden Fensterhöhlen, sie saßen auf dem tuckernden Radiator an der Wand und sie saßen in den kahlen Bäumchen, die sich hier und da aus nackten Pflanzkübeln erhoben. Selbst auf den Rändern der Schilder, die Auskunft über Herkunft, Ernährung und Lebensdauer der versammelten Arten gaben, saßen sie dicht aneinandergedrängt. Sie waren einfarbig und gemustert, weiß und beige, sogar dunkelbraune waren dabei, kaum mehr zu erkennen in dem schwachen Licht.

Fe legte Lambert die Hand auf den Kopf. Sie stellte sich auf die Zehenspitzen und schaute angestrengt auf seinen Scheitel.

»Segnest du mich?«, fragte er durch die Zähne.

»Nicht bewegen«, flüsterte Fe. »Einmal darfst du noch raten.«

»Danke. Fühlt sich an, als würdest du mich in Besitz nehmen: Alles unterhalb dieser Hand gehört mir.«

»Schön wär's.« Sie drückte ihm die andere Hand auf die Schulter, um höherzukommen. »Ich versuche nur, dir einen Schattenmönch vom Kopf zu heben.« Vorsichtig nahm sie den Falter auf ihre Hand und hielt ihn Lambert vor die Nase. Er war aschgrau.

Sie hockten sich in eine Ecke, nach einer Weile breitete Fe ihre Jacke auf den Boden und legte sich darauf, die Arme hinter dem Kopf verschränkt. Lambert wusste nicht, ob es eine Einladung war. Als eine Motte auf seiner Nase landete, wischte er sie weg und legte sich neben Fe.

Die langsam durch den Raum wabernde Gestalt der Falter, jeder flog für sich, und doch gehörten sie zusammen. Wie sich die Wolke ohne erkennbare Verabredung hob und senkte, ausdehnte und zusammenzog. Ihre unhörbaren Flügelschläge, als müsste mit jeder Bewegung eine kleine Puderwolke unter ihnen zu Boden schweben.

Aus den Augenwinkeln sah Lambert zur Seite. Was wollte diese seltsame Frau von ihm? Welche Wünsche würde sie ihm erfüllen? Der Gedanke, was er jetzt am liebsten alles mit ihr anstellen würde, nahm ihm den Atem. Er malte sich aus, wie sie sich zu ihm drehte und ihn ansah. Wie sie sich, wenn sie einander lange genug angesehen hätten, auf seine Brust schob und mit dem Gesicht so nah an seines käme, dass ihnen irgendwann gar nichts anderes übrig bliebe. Es waren ziemlich gewöhnliche Dinge, die er sich vorstellte, und dann wieder waren es eher ungewöhnliche, als wären sie ungelenke Vorzeittiere, ineinander verkrallt, schlangenartig übereinandergleitend im Versuch, neue, erstaunliche Arten zu erzeugen. Vor Jahren einmal hatte er auf einer Waldlichtung zwei Weinbergschnecken bei der Paarung beobachtet, wie sie stundenlang ihre nassen Unterseiten aneinanderpressten, ohne sichtbare Bewegung. Er hätte jetzt nichts dagegen gehabt, es ihnen gleichzutun. Aber immer war es in seiner Vorstellung sie, die den ersten Schritt tat, die sich mit einem kleinen Seufzen zu ihm drehte, und vielleicht ging es ihr ebenso, jedenfalls lagen sie beide unbeweglich nebeneinander. Lambert bemühte sich, flach und ruhig zu atmen, um womöglich auf diese Weise endlich seinen Herzschlag beruhigen zu können, während seine Gedanken erregt wie ein Schwarm aufgeschreckter Nachtfalter durch einen plötzlich erhellten Raum flatterten. Unablässig stießen sie gegen die gläsernen Wände, die seine Wünsche gefangen hielten.

Auf einmal bemerkte er, wie ihre Hände sich berührten, und wieder hätte er nicht sagen können, ob er es gewesen war oder sie oder ob es womöglich ihren Fingern einfach zu viel geworden war, sodass sie sich am Ende selbst auf den Weg gemacht hatten. Warum eigentlich war man erwachsen geworden, wenn einen schon solch eine Kindergartenberührung aus der Bahn warf? Wenn es einem genügte, in einem abgelegenen, halb verdunkelten Raum des Montrealer Zoos auf dem nackten Boden zu liegen und eine fremde Hand zu halten. Auch wenn diese Hand sich so warm und vollkommen und überwältigend anfühlte mit ihrer glatten Haut und den kleinen Härchen, mit dem Muster ihrer Adern, den Senken und Erhebungen der darunterliegenden Knochen, mit ihren Fingern und den Innenseiten zwischen diesen Fingern, die sich so sehr anfühlten wie Schwimmhäute einer Art, die kurz davorstand, vom Land zurück ins Wasser zu gehen, dass Lambert schwindelig wurde.

Als er die Augen öffnete, sah Lambert, dass die Motten nun überall auf ihnen saßen, auf ihren Bäuchen, Beinen, auf den Armen und selbst auf ihren ineinander verschränkten Händen. Sie hielten beide vollkommen still, schon um die Tiere nicht zu verscheuchen.

Irgendwann hob Fe den Kopf und sah ihn an, das Gesicht dicht vor seinem.

»Wann fliegst du?«

»Heute Abend.«

»Vielleicht dürfte ich dich zum Flughafen bringen?«

»Es wäre mir ein Vergnügen.«

20

Was Lambert jetzt brauchte, war ein Trick. Und zwar schnell. Es hieß immer, man könne nicht auf zwei Hochzeiten tanzen. Aber wer sagte das, und warum sollte es nicht gehen, zumindest für ein Tänzchen? Lambert hätte nie gedacht, dass es dabei um seine eigenen Hochzeiten ging.

Er brauchte Zeit. Eine kleine Extrarunde, irgendetwas mit einem doppelten Boden, in dem er sich mit Fe verkriechen konnte, für einen Tag oder eine Nacht. Sie liefen die Rue Hochelaga entlang, Aerobicstudios, Möbelhäuser, *Le Super Club Vidéo 2000*, an jedem Imbiss wiesen »2 pour 1«-Schilder darauf hin, dass es beim Kauf einer einzigen Pizza eine zweite dazugab. Es musste doch möglich sein. Ein Schalttag würde ihm reichen, wie bei Jules Verne, aber musste er deshalb um die Erde reisen?

Es war Nachmittag, ein Tierpfleger hatte sie entdeckt, als er hereinkam, um den Nachtfaltern ihre Schälchen mit Zuckerlösung hinzustellen. Nachdrücklich hatte er sie aufgefordert, den Zoo zu verlassen. Was hatten sie denn getan? Nichts. Konnten sie etwas für die schmutzigen Gedanken eines Zoogehilfen? Bestraften jetzt gewöhnliche Tierpfleger schon die Sünde im Geist? Es war doch zu nichts gekommen, jedenfalls zu nichts, was von außen zu sehen gewesen wäre – zwei Menschen, die einander an der Hand hielten wie beim Warten auf die Abfahrt der Arche Noah. Dass Lambert die Berührung von Fes Hand aufregender und verwirrender erschien als alles, was währenddessen nebenan die Lemuren und Karnickel anstellten, konnte der Mann ja nicht wissen. Aber alles Argumentieren war fruchtlos geblieben, er hatte sie zum Hinterausgang komplimentiert, wo er sie mit ausgestrecktem Arm hinauswies, Lambert mit geschulterter Tasche, Fe mit ihrer rasch aufgehobenen Jacke, wie zum Schutz gegen den Leib gepresst.

In drei Stunden ging sein Flug. Das Schwindelgefühl, wenn er daran dachte. Er konnte diese neue Welt nicht so verlassen, er musste die Sache zu irgendeiner Art von Ende bringen, bevor er zurückkehrte, sonst würde es ihn zerreißen. Hinter der Bahnanlage bogen sie in die Richtung, wo Lambert das Wasser vermutete. Sie kamen in ein Netz schnurgerader Gassen. Im Zickzack liefen sie hindurch, an den Kreuzungen mal nach rechts, mal nach links abbiegend. Wie heimelig die niedrigen Backsteinhäuser aussahen. Von jedem Obergeschoss führte eine schmiedeeiserne

Treppe schräg durch die Luft hinunter auf die Straße wie Stützstreben eines Potemkinschen Dorfes. Kaum Menschen, hier und da stand jemand an einer Ecke und schaute in den Himmel, ohne einen Blick für sie. Mehrmals kam ihnen eine kleine uniformierte Kontrolleurin entgegen, ganz außer Atem, sie war wohl auf der Suche nach Schwarzfahrern oder Falschparkern und ließ sie in Ruhe. Einmal folgte ihnen in einiger Entfernung eine Gruppe von Kindern auf ihren Fahrrädern, schüchtern wie eine Herde Einhörner hielten sie die Witterung, bevor sie mit lautem Klingeln auf einen Sportplatz bogen. Bald nahmen die Brachflächen zu und mit ihnen die Tankstellen und Bowlinganlagen, die Autopolstereien, Lagerhäuser und Raffinerien, über denen sich schon die Kräne des Hafens erhoben.

Zuletzt hatten Andrea und er über die Möglichkeit gesprochen, ein Kind in die Welt zu setzen. Und sie hatten überlegt, eine Wohnung zu kaufen.

Beide Gespräche waren nicht wirklich auf ihre eigene Initiative zurückgegangen. Der Vermieter wollte die Wohnung loswerden und hatte sie zu einem Vorzugspreis angeboten. Einige Abende hatten sie über Notizzetteln zugebracht und Beträge addiert, im Querformat, weil die Zahlen so lang waren. Irgendwann landeten die Blätter im Altpapier. Etwa zur selben Zeit waren Andreas Blutungen ausgeblieben. Sie fanden sich auf einmal in der Situation wieder, entscheiden zu müssen, ob aus ihnen eine Familie werden sollte. In Lamberts Armen das Gefühl, etwas fließe die Adern herab, durch die Handgelenke und in die Fingerspitzen, wo es aushärtete. Erstarrt blieb er zurück.

Am Ende hatten sie keine der beiden Möglichkeiten in die Tat umgesetzt. Stattdessen kauften sie einen riesigen Kühlschrank, in Edelstahloptik. Als Lambert die blaue Schutzfolie abzog, blieben kleine Stücke davon in den Aussparungen des Herstellernamens kleben, der sich über die ganze Frontseite zog. Mühsam hatte er die Plastikstückchen aus den Zwischenräumen der Buchstaben gezupft. Beim Telefonieren kritzelte er manchmal die Innenflächen in den Buchstaben einer Zeitung aus – hier war es das Gegenteil, wie besessen säuberte er die Lücken, bis am Ende nichts mehr verriet, dass dort jemals etwas gewesen war.

Am Fluss stand ein riesiger PEPSI-Schriftzug, sie setzten sich unter das erste P und sahen hinaus aufs Wasser. Das flache Ufer war mit Pollern gesäumt, die knapp aus dem Wasser ragten, abgeschnittene Baumstämme, auf denen Grasbüschel wuchsen, zottelig oder kurz, hochtoupiert oder gescheitelt, manche sogar mit einem Bart aus Moos. Womöglich eine Reihe unbenutzter Seelen, im Warten auf den nächsten Einsatz.

Wer hätte gedacht, dass man in Nordamerika immerzu aufs Wasser sah? Dieser breite Fluss wuchs Lambert allmählich ans Herz, aber vielleicht war auch das nur eine Verwechslung. Die Sonne schien, es war wie in der Werbung. Wofür warben sie? Für ein Softgetränk? Fürs Leben? Noch ließ es sich nicht entscheiden, der Spot war längst nicht vorbei. Am liebsten hätte Lambert Werbung für Fe gemacht. Er war lange nicht mehr so überzeugt von etwas gewesen.

Fe flüsterte, sie habe wieder Rückenschmerzen, und fragte, ob er etwas dagegen hätte, wenn sie sich wieder hinlegte. Was für ein Satz, eine Frage wie ein Angebot. Lambert nickte, er hatte nicht gewusst, dass sie es wegen ihres Rückens tat.

Also legte Fe sich hin. Und wie sie sich hinlegte: Den Kopf auf dem abschüssigen Uferstück hinunter zum Wasser, den Unterleib aufwärtsgestreckt goss sie sich aus, dem Himmel entgegen oder ihm, der noch immer an dem P kauerte. Er stand auf und setzte sich neben ihren Kopf ans Wasser, um ihr nicht zu deutlich auf den Unterleib zu starren. Fe lächelte ihn an, aber weil sie falsch herum lag, sah es aus, als bögen ihre Mundwinkel sich herunter, abschätzig oder bekümmert, da konnte sie lächeln, soviel sie wollte, es wurde nur schlimmer davon. Auf einmal sah es aus, als wäre ihr Kinn eine breite, flache Nase, darunter der verzerrte Mund und darüber keine Augen.

Insgesamt ein eher verstörender Eindruck. Lambert schloss die Augen und legte sich neben sie ins Gras.

Er merkte jetzt doch, dass er nicht gefrühstückt hatte. Fe wühlte in ihrer Tasche, fand aber nur eine kleine Packung Suppennudeln. Lambert nahm sich eine Handvoll und knabberte schweigend, nach einer Weile bediente sich auch Fe. Zwischen zwei Bissen fragte sie:

»Ob Gott Nudeln isst?«

»Gott isst alles.«

»Das passt zu ihm.«

Fe hatte eine komische Art, die Hörnchennudeln zu essen, sie legte jede einzeln an die Schneidezähne und biss sie von der Seite auf. Dann nahm sie das übrig gebliebene Röhrchen und betrachtete es einen Moment, bevor sie auch dieses zerbiss. Neben ihrem Schlüsselbein war der hautfarbene Träger ihres BHs zu sehen. Und darunter ihre hautfarbene Haut.

»Glaubst du an Gott?«, fragte Lambert, um an etwas anderes zu denken.

»Eigentlich nicht.« Wieder ein Biss. »Aber er hört besser zu als Darwin.«

»Das stimmt. Sind noch Nudeln da?«

»Reichlich.« Fe schüttete ihm die Handfläche voll und sah ihm dabei ins Gesicht, sodass sie nicht merkte, als Lambert die Hand zurückzog.

Einiges ging daneben und fiel ins Gras. Lambert bückte sich.

»Heb sie nicht auf, die sind dreckig.«

»Ihr mit eurer Hygiene. Na gut, wir lassen sie liegen. Holen sich die Enten.«

»Enten gibt es hier nicht.«

»Dann wandern sie eben allmählich in den Boden. Du wirst sehen, nächstes Jahr wächst hier ein Nudelbaum.«

»Ja, wahrscheinlich.« Fe schaute hinauf in den Himmel. »Ich sehe mich schon in seinen Ästen turnen. Nächstes Jahr.«

21

Am Ende ihrer Bucht bemerkten sie einen weißen Fleck am Wasser, und weil sie nichts anderes zu tun hatten, rieten sie, was es war.

»Ein Eisbär.«

»Ts.«

Lambert sah sie an. »Schlag etwas Besseres vor.«

»Ein blühender Kirschbaum.«

»Ein Iglu.«

»Ist dir kalt? Ich würde eher sagen: ein Sonnenschirm.«

»Eine abgestürzte Wolke.«

»Oder angeschwemmtes Verpackungsmaterial.«

»Ein Schwan.«

»Das wäre ein ziemlich großer.«

»Du immer mit deiner Realität. Kannst du die Biologie nicht mal außen vor lassen? Dann ist es eben ein Urzeitmammutschwan. Nicht so lieb wie diese zahmen Anmutsdinger vom Baggersee. Der hier ist wild, fast noch ein Flugsaurier. Oder zumindest das dazugehörige Fossil. Beim Putzen seiner Schuppen friedlich versteinert.«

Fe stand auf und zog Lambert hoch. Am Ufer liefen sie hinüber. Der Fleck erwies sich als ein an Land gezogenes Boot.

Eigentlich wollten sie sich nur mal hineinsetzen. Im Heck fand Fe eine alte Tasse und machte sich daran, die Pfütze am Boden über Bord zu schippen. Lambert zog an der Schnur des Außenbordmotors, es rumpelte, fauchte und spritzte tatsächlich, wie es sich für einen Flugsaurier gehörte, aber der Motor sprang nicht an. Fe blieb sitzen, als Lambert das Boot ins Wasser schob. Er wartete darauf, dass sie ihn stoppte. Er gab dem Boot einen letzten Schubs und winkte, und als Fe keine Anstalten machte, erschrocken auszusehen, lief er ins Wasser, warf die Tasche ins Boot und kletterte hinterher.

Ein leichter Wind trieb sie auf die Mitte der Wasserfläche, wo sie sich einige Male drehten. Ganz langsam nur nahm die Strömung sie mit nach Norden, auf die Ile Verte zu. Überall um sie herum war noch Land, und dennoch fühlte es sich an wie auf hoher See. Bald wären sie raus aus der Stadt, in ein paar Tagen wahrscheinlich an der Küste, wo sie an Neufundland vorbei auf den Ozean trieben. Wenn sie genug Schwung hatten, würde es über den Atlantik reichen, in den Ärmelkanal und dann über Weser oder Ems die Hase hinauf und nach Osnabrück. Sie lebten ja alle am selben Wasser.

Sie würden vom Regen leben, von zutraulichen Möwen und von Fes Nudeln. Falls die Dinger schnell genug wuchsen, könnten sie an Bord eine kleine Nudelbaumplantage errichten, was zugleich Schatten spenden würde.

Lambert wollte mit ihr zusammen sein. Was änderte es, ob man sieben Stunden zusammen war oder sieben Jahre? Der Unterschied lag nur im Wissen vom Ende. Ob man vor Augen hatte, dass es gleich vorbei war, oder im Glauben lebte, so werde es für immer bleiben. Es war wie beim Tod: Ohne mit der Wimper zu zucken, ertrug der Mensch seine Sterblichkeit, solange sie weit genug entfernt war. Wer nicht wusste, wann er starb, war unsterblich. Erst wenn das Ende naht, kommt der Schreck.

Der Wind hatte aufgefrischt, er blies nun aus Norden und trieb sie allmählich zurück ans Ufer. Auf halbem Wege stießen sie gegen ein neben ihnen dümpelndes Brett. Fe bückte sich über die Reling und zog es mühsam aus dem Wasser, fast wären sie, als Lambert ihr zu Hilfe sprang, gemeinsam über Bord gegangen. Es war eine Eistafel. Von Hand hatte jemand die Preise ergänzt und einige Sorten durchgestrichen, die offenbar ausgegangen waren. Wenn man die Tafel in die Luft hielt, gab sie ein hervorragendes Segel ab.

Auf Höhe der Ile Sainte Hélène sagte Fe, dass sie es bis zum Flughafen schaffen könnten. Sie erbot sich, ihn mit dem Halten abzulösen, und er nahm dankbar an, reichte ihr die Tafel und lehnte sich auf der Sitzbank zurück. Die schöne Fe, wie sie ihre nackten Arme in den Himmel hielt, während ihr das Sonnenlicht von hinten in die Haare schien.

Lambert räusperte sich. »Klingt vielleicht seltsam, aber du siehst aus wie eine Göttin.«

»Was klingt daran seltsam?«

»Tu nicht so. Ich meine nur: Du hast eine Aureole auf dem Haar und hältst eine Tafel hoch. Im Gegenlicht ist nicht zu erkennen, ob Gebote darauf stehen.«

»Kann es sein, dass du mich mit Moses verwechselst?«

»Ich wusste doch, dass es irgendwas aus der Bibel war. Trieb Moses nicht auch auf dem Wasser herum?«

»Sehr komisch.« Fe verzog das Gesicht zu einer mitleidigen Grimasse. »Mal im Ernst: Weißt du, woran man eine Göttin erkennt?«

»Keine Ahnung, ich bin vorher noch keiner begegnet.«

»Du erkennst sie zunächst an ihren wohlgestalteten Füßen. Falls du Gelegenheit hast, darunterzuschauen, wirst du feststellen, dass sich auf der Fußsohle ein Kreis befindet. Dann wanderst du einfach hoch und hakst ab: Beine wie ein Reh, Brust wie ein Löwe, runde Schultern, der Hals einer

Muschel, vierzig Zähne, eine kleine Zunge. Glattes, nach rechts gedrehtes Haar. Eine breite Stirn, ein runder Kopf, die Wimpern einer Kuh. Die Stimme eines Spatzes. Wenn du unsicher bist: Götter werfen einen schönen, goldfarbenen Schatten. Und du darfst am ganzen Körper keine Narbe haben.«

»Ich? Was habe ich damit zu tun? Wo hast du das her?«

»Nur falls du selbst noch Pläne haben solltest, Gott zu werden. Es gibt auf der ganzen Welt nur einen einzigen Posten als lebende Göttin, irgendwo in Nepal. Das sind die Eigenschaften, die ein Kind mitbringen muss, um ausgewählt zu werden. Ich habe sie mir für alle Fälle gemerkt.«

»Und das ist alles, was man braucht?«

»Fast. Anschließend müsstest du noch eine Nacht neben einem toten Opferbüffel ausharren, ohne zu weinen.«

»Danke. Ich bleibe lieber Mensch.«

Lambert hatte nicht alles verstanden, was sie gesagt hatte. Vor allem verstand er nicht, wie man Wimpern herstellen konnte wie ihre. Wie man technisch in der Lage war, eine solche Ausgeburt an Schwerelosigkeit und Grazie zu erschaffen. Es war nichts als eine Reihe kleiner schwarzer Härchen, aber die Art, wie sich jedes von ihnen in die Höhe bog, ließ Lambert nur an eines denken: Ich will Liebe. Oder, um genau zu sein: Ich will Liebe machen.

Als der Wind nachließ, stellten sie fest, dass sich die Eistafel auch als Ruder eignete. Sie paddelten nah am Ufer, wo es keine Strömung gab. Sie saßen jetzt nebeneinander auf der Bank, Lambert machte drei Züge auf seiner Seite, dann reichte er ihr das Brett, und sie machte drei Züge auf ihrer. Es war nicht im engeren Sinne das, was man Sex nannte, aber dicht an Fe gedrängt auf der engen Bank zu sitzen, ihr zuzusehen, wie sie sich mit dem Paddel abmühte, zu wissen, dass sie selbst ihm ebenfalls zusah, wenn er an der Reihe war, ihr Lächeln, wenn sie sich in der Mitte die Tafel reichten, kam schon ziemlich nah heran. In großer Ruhe zog das Land vorüber und sah ihnen zu, sie schauten kaum zurück. Den Treidelpferden hatte man früher auch die Augen verbunden, um sie nicht abzulenken. Wie gleichgültig das Vorwärtskommen wurde, wenn das Ziel nichts anderes war als ein Flughafen, zu dem niemand wollte.

»Ich hätte jetzt tatsächlich gerne ein Eis.«

»Um es mir zu schenken?«

»Nein.« Fe streckte ihm die Zunge heraus, im ersten Moment glaubte Lambert, sie wollte ihn ärgern. Dann sagte sie »Deshalb«, aber weil sie den Mund dabei offen ließ, war es kaum zu verstehen. Sie nahm seinen Zeigefinger und führte ihn zu ihrer Zunge, die nass war und warm, wie von einem Tier. Lambert fühlte die kleine Erhebung, ein winziger, fester Zapfen direkt auf ihrer Zungenspitze.

»Was ist das?«

»Weiß nicht, war immer schon da. Wenn ich Eis esse, kann ich damit Muster machen.« Sie hatte den Mund noch immer offen, sodass Lambert nur raten konnte, was sie sagte. Er sah wohl etwas überrascht aus.

»Findest du das ekelig?«

»Nein«, sagte Lambert. »Im Gegenteil.«

Auch als keiner von ihnen mehr etwas sagte, ließ sie den Mund offen stehen, und aus einem Grund, den er selbst nicht verstand, ließ Lambert seinen Zeigefinger noch einen Moment lang auf ihrer Zunge liegen. Vielleicht lag es an den Hormonen, von denen Lambert nicht viel mehr wusste, als dass sie schwer zu kontrollieren waren. Am ehesten ließ sich wohl erkennen, was sie mit einem machten, wenn man auf seine Gefühle achtete. Eigentlich nicht Lamberts Stärke, in diesem Moment aber merkte selbst er, was Sache war.

Lambert nahm seinen Finger aus ihrem Mund und wischte ihn unauffällig an der Hose ab. Fe schlug vor, dass sie sich beide auf der Eistafel ihre Lieblingssorte aussuchten, sie selbst tat so, als würde sie sich ein Eis nehmen, und leckte daran.

Wo Lamberts Finger noch nass war von ihrem Mund, spürte er die kühle Luft. Er wusste nicht, wohin mit dieser anderen Möglichkeit seines

Lebens. Vor hundert Jahren hatten irgendwelche Science-Fiction-Autoren eine Theorie der Parallelwelten entwickelt, die einige nicht minder eigenwillige Physiker später aufgegriffen hatten. Auf einmal verstand Lambert, was diese Männer angetrieben hatte – sie mussten einfach unerträglich verliebt gewesen sein, um auf solche Ideen zu kommen. Er fühlte sich ihnen verbunden. Für welche Welt er sich auch entscheiden würde – er hoffte, ihnen dort zu begegnen.

Bei jeder Wahlmöglichkeit gabelte sich ein Weg, und wie auch immer man sich in dieser Welt entschied, es gab eine andere, auf der das Gegenteil galt. Wie unübersichtlich es zwischen all den Möglichkeiten wurde, den kleinen wie den großen. Man konnte nur versuchen, alles wieder aus dem Kopf zu bekommen. Lambert sagte:

»Ich kann mich nicht entscheiden.«

»Wobei?«

»Bei den Eissorten. Alles sieht gleich richtig aus. Oder gleich falsch.«

»Das musst du schon selber wissen. Gib mir Bescheid, wenn du jenseits von Richtig und Falsch bist. Wir sehen uns dort.«

Hinter der nächsten Halbinsel fiel Lambert ein, dass es nicht stimmte, was er gesagt hatte. Ihm war doch schon einmal etwas begegnet, das aussah wie ein Gott. Sein Vater, vor wenigen Tagen. Wie er auf dem Laken lag, das sich um seinen Kopf kräuselte, die weißen Haare standen zu allen Seiten ab. Wie er immer seltener Atem holte, als falle ihm von Zeit zu Zeit noch ein, dass er ja atmen müsse. Wie er am Ende einfach damit aufhörte. Als wäre es die ganze Zeit über nicht wirklich notwendig gewesen, eine Angewohnheit, die er schon früher hätte beenden können.

Sein ernstes Gesicht im Tod, Lambert hätte sich ein Lächeln gewünscht, weil er immer wollte, dass es allen gut ging. Seine Mutter hatte sich hinübergebeugt und mit ihren Handflächen die Lider geschlossen. Durfte man ihm da nicht auch die Mundwinkel ein wenig in die Höhe ziehen?

Lambert fragte sich, ob er jetzt wirklich irgendwo dort oben saß und seinem Sohn zusah, wie der in einem kaum seetüchtigen Boot auf einem fremden Kontinent herumpaddelte, eine fremde Frau an seiner Seite. Was würde er von ihm halten? Würde er ihn tadeln? Womöglich saß Lambert nur in diesem Boot, weil es seinen Vater nicht mehr gab.

22

Manchmal machte Sascha ihr Angst. Ihr Blick aus den Augenwinkeln, unter den widerspenstigen Haaren hervor, wenn sie mit irgendeiner Entscheidung ihrer Mutter nicht einverstanden war, aber kein Wort darüber verlor. Wie beharrlich sie morgens beim Frühstück mit vier glatten Schnitten die Rinde von ihrem Brot trennte und die Kanten selbst dann noch als »zu hart« neben dem Teller stapelte, als sie längst auf Weißbrot umgestiegen waren.

Auch heute brannte, als Viola nach Hause kam, noch Licht. Gegen die Absprache. Sascha hätte längst im Bett sein sollen. Viola war nach der Spätschicht noch in der Nachtapotheke gewesen, seit gestern, seit ihrer Rückkehr aus Deutschland, litt sie an einem seltsamen Schwindelgefühl, das sich einfach nicht vertreiben ließ, wahrscheinlich eine Erkältung. Der Apotheker hatte ihr etwas empfohlen. Leise hängte sie Jacke und Tasche über die Garderobe und schlich zu Saschas Zimmertür. Ihre Tochter saß im Schlafanzug an dem niedrigen Schreibtisch und machte das, was sie »Meine Arbeit« nannte. Vor einigen Wochen hatte sie in der Buchhaltung einer aufgelösten Sattlerwerkstatt einen riesigen, noch unbenutzten Folianten gefunden, in den sie ein geheimes Projekt zeichnete. Viola scheuchte sie ins Bett.

Das Ritual sah vor, dass sie nach dem Gutenachtkuss leise aufstand und das Zimmer verließ. Heute aber blieb Viola einfach neben ihrer Tochter liegen, aus Erschöpfung und weil es der sicherste Weg war, Sascha einschlafen zu lassen. Was Mütter taten, hatte selten nur eine Absicht.

Mit einem kleinen Rucken schreckte sie hoch und stellte fest, selbst eingeschlafen zu sein. Neben ihr lag Sascha und schlief mit offenem Mund. Wahrscheinlich bekam sie auch eine Erkältung. Viola machte einen stummen Seufzer und stand auf. Beim Hinausgehen entdeckte sie, dass das Buch offen auf dem Schreibtisch lag, Sascha hatte es nicht zurück ins Versteck gelegt. Viola sah sich um, ihre Tochter atmete ruhig, mit hochgezogenen Augenbrauen. Viola setzte sich auf den viel zu kleinen Schreibtischstuhl, knipste die Lampe an und schlug den Band auf. Lachsfarbenes Papier, kleine Linien forderten die Eingabe von Aktiva und Passiva, von Soll und Haben, Zugang und Abgang, Aufwand und Ertrag. Welche menschliche Erfindung, dachte Viola, übertraf an Schönheit und klarer Eleganz die Buchführung? Höchstens die doppelte Buchführung.

Saschas Zeichnungen liefen quer über die Seiten, ohne sich von den Linien aufhalten zu lassen.

Auf Violas Fragen, woran sie denn da arbeite, hatte Sascha ausweichend geantwortet. Endlich hatte sie seltsam gestelzt bekannt gegeben, sie sitze an der Neugestaltung des Nassbereichs ihrer Grundschule. Viola musste sich mehrmals vergewissern, ehe sie ihren Ohren traute. Auf weitere Nachfragen hatte Sascha ihr nur diesen langen, schweigenden Blick zugeworfen.

Viola blätterte weiter. Offenbar hatte das Projekt die selbst gesteckten Grenzen bald hinter sich gelassen, es sah aus wie der Entwurf einer Traumschule. Ausgangspunkt war tatsächlich der Waschraum, in dem es zu Violas Erstaunen sogar Halterungen für Zahnbürstenbecher gab. Aber die anderen Räume blieben nicht dahinter zurück. Fürs Lehrerzimmer hatte Sascha einen ans Balkongeländer geschraubten Aschenbecher geplant, der bei Viola die Frage aufwarf, woher ihre Tochter wusste, dass die Grundschullehrerinnen heimlich rauchten.

Die weiteren Grund- und Aufrisse füllten zwei Dutzend Seiten: Jedes Klassenzimmer war umgeben von einem Fächer aus Spiel-, Turn- und Schlafzimmern, die im Wesentlichen aus Matratzenbergen bestanden. Jedem Raum war eine eigene Matratzenfarbe zugeordnet. Alle Zimmer vollkommen rund, die Fenster reichten bis zur Decke. An der Außenseite des Gebäudes waren schmale Leuchtstreifen angebracht, deren Detailzeichnungen mehrere Seiten in Anspruch nahmen.

Zu Saschas Unglück hatte Viola ihr vor der Abreise nach Deutschland verboten, das Buch mitzunehmen. Also hatte sie bei ihren Großeltern stapelweise Notizzettel bemalt, die sie nun übertrug. Seit der gestrigen Rückkehr hatte Sascha ihren Schreibtisch nicht mehr verlassen, selbst das Essen ließ sie sich bringen. Von ihrem Vater hatte sie als Willkommensgeschenk einen Satz Bauzeichnerschablonen vorgefunden. Damit ließen sich nicht nur Türschwünge, Wendeltreppen und die kleinen Pfeilspitzen zur Angabe von Mauerstärken und lichten Höhen mit zuvor ungekannter Akkuratesse hinwerfen, in die Schablonen war auch ein Alphabet gestanzt, mit dessen Hilfe die Beschriftung ihrer Entwürfe eine Nüchternheit bekam, die Sascha ganz offensichtlich gefiel. Sie musste ungeheuer schnell gearbeitet haben, vielleicht in der unbewussten Sorge, dass ihre Kindheit eher zu Ende sein würde als ihr Projekt, aber die Eile nahm den Zeichnungen nicht ihre bisweilen penible Liebe zum Detail. Mit der Besessenheit eines Nagetiers, das vor dem Winter seine Vorräte sammelt, hatte Sascha Übersichtspläne, Ausschnittvergrößerungen und Bildlegenden entworfen. Zwischen den Seiten steckten Zettel mit Entwürfen der Mietverträge, mit denen Sascha das für die Außenarbeiten an Spielplätzen und Pferdeställen notwendige schwere Gerät (Bagger, Presslufthammer, Springbrunnenbohrer) besorgen wollte. In ihrer eigenwilligen Saschasprache erklärte sie, warum die Geräte direkt an sie ausgehändigt werden müssten, obwohl sie noch ein Kind sei. Viola fand ein mit »Erste Fassung« überschriebenes Blatt, das offensichtlich die Rede zur Eröffnung des Gebäudes enthielt, einschließlich eines Abrisses der Aktivitäten, die die Gäste an diesem Tag der offenen Tür wahrnehmen konnten und was es dabei zu essen geben sollte (»20 Köpfe Blumenkohl«).

Bevor sie das Zimmer verließ, beugte Viola sich zu ihrer leise schnaufenden Tochter hinunter und gab ihr einen Kuss auf die Stirn. Auch dies nicht nur aus Rührung oder Liebe, sondern zugleich, um bei dieser Gelegenheit zu prüfen, ob sie womöglich fiebrig war.

Wie alle spät heimkehrenden Eltern hatte Viola, als sie die Kinderzimmertür leise hinter sich zuzog, einen Anflug von Mitleid mit ihrem einzigen Kind. Sascha ließ es sich nicht anmerken, aber auch ihr hätte es wohl gefallen, ihre Mutter häufiger zu sehen. Andererseits: Auf einmal war sich Viola da nicht mehr sicher. Die Vorstellung, sie hätte beim Entwerfen dieses seltsamen Schulgebäudes neben ihrer Tochter gesessen und mit ihren Vorschlägen dafür gesorgt, dass sich die Seiten des Buches statt mit Zahnbürstenhalterungen mit lachenden Gesichtern und Luftballons füllten, jagte ihr einen Schrecken ein.

Sie blieb jetzt oft länger in der Flugsicherung. Noch sprach niemand es aus, aber bei ihnen herrschte eine gewisse Nervosität. Es hatte Unregelmäßigkeiten gegeben. Meist bekamen es die Passagiere der betroffenen Flüge nicht einmal mit. Es gab Missverständnisse zwischen Cockpit und Leitstelle, nicht erklärliche Widersprüche zwischen den von den Instrumenten angezeigten Werten und dem, was die Piloten sahen. Die Arbeit in der Flugsicherung wurde mehr und mehr zu einer seelsorgerischen – Viola sah sich genötigt, in den Funkverkehr einzugreifen, um einfachste Dinge richtigzustellen, was für den Moment Zutrauen brachte, aber auf allen Seiten die ungute Frage aufwarf, warum die Intervention nötig gewesen war.

Sie hatte während ihrer Arbeit in der Flugsicherung einen eigenen Tonfall herausgebildet, den ihre Stimme in Gesprächen mit anderen Menschen nicht annahm, tiefer und voller, auf eine Weise beruhigend, wie sie zum letzten Mal geklungen hatte, als Sascha nachts noch weinte und sie neben ihr sitzend mit den immer gleichen Worten auf sie eingesprochen hatte. Wenn Viola durch irgendeinen Zufall jemanden traf, der ihre Stimme bislang nur aus den Ohrhörern einer Leitstelle oder eines Cockpits kannte, sah der andere immer ein wenig überrascht aus. Wahrscheinlich klang sie über Funk wie eine Oma bei der Gutenachtgeschichte.

Zuletzt hatte sie probehalber angenommen, sich die allgemeine Unsicherheit nur einzubilden, in Wahrheit sei sie einfach selbst nervös. Aber nun war am Wochenende in Russland eine Tupolew abgestürzt, was sich schon deshalb nicht aus den Nachrichten heraushalten ließ, weil der Ministerpräsident irgendeines osteuropäischen Landes dabei ums Leben gekommen war. Tausende Flieger erreichten jeden Tag sicher ihr Ziel, aber wenn einer runterkam, griff sofort diese Anspannung um sich. Auf den Flughäfen konnten die Passagiere sich kaum mehr aus der sorgenvollen Umklammerung ihrer Angehörigen befreien. Kaum an Bord, belagerten sie die Flugbegleiter, die ihre Unruhe an den Piloten ausließen Und wer hatte am Ende die Piloten im Ohr?

Viola hatte Slots entzerren müssen, was an den Drehkreuzen ein allgemeines Chaos nach sich zog und nicht gerade zur Beruhigung beitrug. Allein heute hatte sie sieben Notlandungen genehmigt. Sieben Mal Fehlalarm.

Aber sie hatte bei ihrem außerplanmäßigen Stopp in Irland ja gerade selbst erlebt, wie es sich im Inneren der Angst anfühlte. Also tat sie alles, um keine Panik aufkommen zu lassen, keine neue Unruhe zu säen. Keiner konnte voraussagen, was geschah, wenn niemand mehr die Sorgen dämpfte.

23

Die Sonne begann schon zu sinken, als sie an der Ile Dorval vorüber trieben. Unter dem Abendrot öffnete sich der Fluss bis zum Horizont. Die Wellen zwinkerten ihnen zu. Der Himmel war klar, nur ein schmales Wolkenband wärmte sich im letzten Sonnenlicht. Davor erhob sich in regelmäßigen Abständen ein Flugzeug nach dem anderen, geräuschlos glitten sie hinauf in die Luft, eine lange, funkelnde Kette, an der all jene außer Landes gebracht wurden, die nicht hierher gehörten, die Verstoßenen und Verbannten, und Lambert war einer von ihnen.

Wenn es nach ihm gegangen wäre, hätten Fe und er sich einfach weitertreiben lassen auf die Mitte der Wasserfläche, um an der tiefsten Stelle schiffbrüchig zu werden. Mit irgendeinem Trick würden sie zu verhindern wissen, dass das sinkende Boot sie mit in die Tiefe riss, und dann an ihre Eistafel geklammert auf Rettung warten.

Aber es ging nicht nach ihm, und Rettung war nicht in Sicht. Sein Flugzeug hob in einer guten Stunde ab. Neben einem Yachthafen streckte sich eine kleine Landzunge nach ihnen aus, dorthin paddelten sie. Beim Sprung ans Ufer landete Lambert im Schlamm. Er reichte Fe die Hand, gemeinsam zogen sie das Boot an Land. Wortlos, als würden sie sich seit Jahren kennen. Oder als hätten sie sich noch gar nicht kennengelernt.

Bevor sie aufbrachen, lehnte Fe die Tafel gegen das Boot.

»Was machst du da?«

»Ich gebe ein falsches Versprechen.«

»Wie grausam. Stell dir vor, hier kommt ein einsamer Wanderer entlang und kriegt Lust auf Eis.«

»Und?«

»Was ist das, Spaß oder Bosheit?«

»Ein Denkmal der unerfüllten Sehnsucht.«

»Ich bin stolz, Zeuge seiner Einweihung gewesen zu sein.«

Sie schlugen sich durchs Unterholz der Halbinsel. Lambert trug den einen Henkel seiner Tasche, Fe den anderen. Alles, was sie taten, geschah verzögert und ohne Aufmerksamkeit. Sie stiegen über Äste, Kiefernzapfen, Kondome. Wenn einer von ihnen stolperte, half der andere ihm auf.

Die Straße, die sie erreichten, hieß *Crescent of the Americas*. Es gab einzeln stehende Häuser und Stellplätze, Spuren fremden Lebens. Am Ende der Straße lag der Flughafen. Ein mannshoher Zaun ohne Durchlass, sie gingen daran entlang, erst in die eine Richtung, dann in die andere, endlich warf Lambert seine Tasche hinüber und hielt Fe eine Räuberleiter hin. Sie zog sich hoch, für einen Moment umklammerte er ihre Beine, die Nase in ihre Oberschenkel vergraben. Von ihm aus hätte es so bleiben können. Dann kletterte er ihr hinterher.

Sie landeten direkt auf dem Flugfeld. Endlose Reihen gelber und roter Signallichter, der Beton der Landebahn verschenkte die am Tag gesammelte Hitze. Sie ließ die Lichter flimmern und machte den Flughafen zu einer einzigen Fata Morgana.

Geduckt liefen sie an der Piste entlang, eine erdbraune Frachtmaschine raste heran, sie warfen sich auf den Boden, und ein riesiger Flügel glitt über sie hinweg. Als das Flugzeug vorüber war, sprangen sie auf und überquerten die Betonbahn, über der schon die nächste Maschine im Anflug glitzerte. Sie erreichten das Vorfeld, ein mexikanischer Airbus fuhr langsam an ihnen vorbei, der Pilot ballte in seinem Cockpit die Faust, aber er konnte ihnen nichts tun. Noch ehe er den Tower alarmiert hatte, waren sie am Terminal. Gerade bremste ein schwarz-gelber *Follow-me*-Wagen, der Fahrer sprang heraus und schlüpfte durch einen Nebeneingang ins Gebäude. Sie blickten sich um, niemand sah ihnen zu. Bevor die Tür ins Schloss fiel, folgten sie ihm ins Innere.

Der nächste Durchgang ließ sich nur mit einem Ausweis öffnen, daneben gab es eine verschlossene Tür mit der Aufschrift *Staff*. Sie klopften, und nach einer Weile schaute eine Frau in bunter Uniform heraus. Lambert erklärte ihr, sie hätten sich verirrt. Ob sie einen Ausweg wisse. Er machte kreisende Bewegungen mit der Hand, um anzudeuten, welchen Weg sie genommen hatten oder wie verfahren ihre Situation sei. Die Frau sah einen Moment lang aus, als sei sie selbst verloren, und bat sie dann herein. Sie arbeite bei der Kinderbetreuung. Ihre Pause sei ohnehin vorbei, und die Abflughalle liege fast auf dem Weg.

Dort angekommen, verabschiedete sie sich mit Handschlag und wünschte ihnen einen guten Flug. Erst als die Frau außer Sichtweite war, fielen Fe und Lambert sich um den Hals, lachend. Sie standen voreinander, Stirn an Stirn, was Fes Augen noch größer machte.

Auf einmal waren sie zwei gewöhnliche Gäste des Flughafens, ein Mann und seine Frau, die ihn zu einer Reise brachte. Er würde ohne sie fliegen, und sie war mitgekommen, um ihn zu verabschieden. Gleichzeitig hörten sie auf zu lachen.

Beim Einchecken der routiniert-höfliche Hinweis, die Maschine sei überbucht, selbstverständlich habe Lambert einen Anspruch auf seinen Flug, wenn er sich jedoch entscheide, die morgige

Maschine zu nehmen, könne man ihm eine finanzielle Kompensation anbieten, außerdem Hotel und Transfer in die Stadt, ob das für ihn infrage komme. Die Verzögerung betrage nur vierundzwanzig Stunden.

Erst als er nicht antwortete, hob die Frau den Kopf. Ihr erschrockener Blick, als sie seinen Gesichtsausdruck sah, von dem Lambert selbst nicht wusste, ob er entsetzt war oder erfreut. Langsam drehte er sich zu Fe um. Sie stand ein wenig abseits und schaute auf ihr Telefon. Er öffnete den Mund, um sie zu rufen. Dann drehte er sich ebenso langsam zurück zu der Frau am Schalter und nickte, noch immer mit offenem Mund.

24

Die Asiatin an der Rezeption lächelte ihn an. Schwer zu sagen, ob es ziellose Freundlichkeit war oder ob sie ihn tatsächlich wiedererkannte.

Fe war an der Tür stehen geblieben. Mit dem Schlüssel in der Hand kam er zu ihr zurück. Sie hatten nicht darüber gesprochen, was nun geschah. Man hatte ihm ein Einzelzimmer seiner Wahl gebucht, und sie hatte ihn zum Hotel begleitet, das waren die Fakten.

»Ich komme nur kurz mit hoch. Ich habe noch ein Geschenk für dich.«

»Wie nett.«

»Du weißt doch gar nicht, was es ist.«

Beim Warten auf den Aufzug schrieb er eine Nachricht an Bastian, seinen Chef. *Flug überbucht, komme mit dem nächsten. Morgen muss ich mir freinehmen. Sorry.* Er überlegte, auch Andrea zu schreiben, aber sie hatten ohnehin geplant, dass er vom Flughafen direkt zur Arbeit fuhr. Mit ihr war er erst für den Abend verabredet, vorher wollte er sie nicht verwirren, am Ende vermutete sie noch wer weiß was.

Fe nahm seine Hand. Die Wände des Aufzugs waren verspiegelt und sahen sie an, also sahen auch sie sich an. Aus allen Richtungen nur dieses eine Bild: Lambert und Fe, ein Mann und eine Frau von unterschiedlichen Kontinenten, er hatte den Ozean überwunden, um zu ihr zu kommen, und nun standen sie in diesem Fahrstuhl, der Europäer und die Nordamerikanerin, fuhren wer weiß wohin und sahen sich dabei zu, von allen Seiten, hundertfach vervielfältigt, eine riesige Schar, wie eine endlose Reihe Schulkinder beim Klassenausflug, und hinter ihren Köpfen ging es sicherlich noch weiter, aber wie sollten sie hinter ihre Köpfe sehen?

Lambert fühlte sich beobachtet. In dem kleinen Schlitz zwischen den Türen fuhren die Stockwerke vorbei. Sein bisheriges Dasein hatte ihn auf so etwas nicht vorbereitet: die Frau seines Lebens zu treffen, obwohl man die Frau seines Lebens bereits getroffen hatte.

Auf Höhe der dritten Etage traf eine Nachricht von Andrea ein. *Was höre ich da, du kommst später? Ist es so schön?* Bastian musste ihr die Nachricht direkt weitergeleitet haben. Wahrscheinlich hatte sie schon alle kirre gemacht mit ihrer Sorge. Der Fahrstuhl hielt so abrupt, dass Lambert noch ein wenig weiter in die Höhe fuhr, in den Schwindel hinein. Auf wie vielen Vulkanen gleichzeitig konnte man tanzen? Mit einer Handbewegung forderte Fe ihn auf, das Telefon wegzustecken. Er folgte ihr. War es egoistisch, was er tat? Und war es egoistisch, wenn er beim Abwägen auch im Hinterkopf hatte, dass die Lebenserwartung nach einer Trennung erheblich sank?

Sie gingen über den stillen Teppich, den Flur entlang, der viel enger schien als beim letzten Mal. Die Wände grob verputzt, in einem dreckigen Rot, als liefen sie durch ein langes, leeres Blutgefäß.

Sie blieben stehen, und Fe nahm ihm den goldenen Schlüssel aus der Hand. Als sie aufschloss, sah Lambert die ans Türholz geschraubte Zimmernummer aus einzelnen Messingziffern, bauchig wie Russischbrot. Die Nummer 505. Fe stieß die Tür auf, und winkte ihn herein. Lambert erinnerte sich an einen Satz, den Andrea vor unendlich vielen Jahren gesagt hatte, oben auf einem Baugerüst: *Es war nicht der Apfel selbst, es war die Geste, mit der er ihn überreicht bekam.*

Dann waren sie in der kleinen Diele, am Garderobenspiegel vorbei und endlich im Schlafzimmer. Lambert drehte sich um zu ihr. Wie hätten sie sich nicht berühren sollen? An der Wand ein halbrunder Schreibtisch, ein Stadtplan, leeres Briefpapier, auf dem Bett eine Tagesdecke mit Fischmotiven, über die halb zugezogenen Vorhänge lief ein Muster aus grünen Kränzen, darunter stand eine Stehlampe, die erst zu brennen aufhörte, als Lambert endlich die Augen schloss.

Ihre Küsse, als hätten sie nichts anderes gelernt. Als hätten sie es auf nichts anderes angelegt. Wenn Lambert die Augen öffnete, war er verwundert, wie fröhlich Fe aussah. Wie ein glücklicher Clown. Nicht einmal den Mund hätte sie sich größer schminken müssen. Ihre breiten Wangen, das Strahlen, sie lachte mit geschlossenen Augen.

Wenn man es in den Filmen sah, gab es diesen Moment, in dem sie sich aufs Bett fallen ließen. Lambert hatte sich immer gefragt, wie das gelang und wer den Anstoß dazu gab. Als er nun selbst aufschlug, als der Schwung ihres Fallens sie für einen Moment in die weiche Matratze sinken ließ, hinein in den Fischschwarm der Tagesdecke, ärgerte er sich, nicht achtgegeben zu haben, wie es dazu gekommen war.

Sie hätten es die ganze Zeit über im Boot schon haben können, aber sie nahmen es sich erst jetzt. Weil es nun war wie im Film? Weil sein Vater nicht mehr zusah? Wegen der geschenkten Nacht? Sie lebten in einem Niemandsland aus Zeit.

Lambert selbst war einfach erleichtert, sich nicht mehr aufrecht halten zu müssen. Wie ein Bergsteiger bei Erreichen des Gipfels: nur noch froh, nicht weiterklettern zu müssen. Es genügte ja alles, es war alles längst da, ihre seltsamen nordamerikanischen Augenbrauen, die

Ohrringe, das nordamerikanische Glänzen ihrer Wangen. Ihre kleinen Leberflecke bildeten ein Sternbild, das Lambert nicht kannte. Es gab ihre nordamerikanischen Fingernägel, die ihm über das Gesicht fuhren, und die nordamerikanischen Härchen auf der Oberseite ihrer Finger, das Kinn, ihren Hals, ihre nordamerikanische Haut, überall ihre nordamerikanische Haut.

Lambert stellte sich vor, nebenan in der 504 zu sitzen und sich zuzuhören. Es war nicht leicht, und bald begann sich alles in Schleifen zu drehen, aus denen es kein Entkommen gab, selbst wenn man ihnen hätte entkommen wollen.

Später lagen sie nebeneinander und schauten an die Decke. Lambert fragte, was sie sich, wenn sie einen Wunsch frei hätte, wünschen würde. Fe sagte ohne zu zögern, sie würde sich Zeit mit ihm wünschen. Ewig. Oder zumindest ein paar Jahre.

»Ich fürchte, das wird nicht möglich sein.«

»Feigling.«

Im Einschlafen, als er sich schon wieder fragte, ob es das alles wirklich gegeben hatte, fand er Gewissheit nur in der Erinnerung, wie genau ihre kleinen Brüste in seine Hände gepasst hatten. Und er spürte auf dem Mund noch die Härchen auf dem Rand ihrer Oberlippe beim Küssen.

Mit dem letzten Rest Wachheit drehte er sich zu Fe hinüber und murmelte: »Sind wir ein Paar?«

»Ich schon.«

25

Beim Aufwachen war er allein. Solange er noch nicht wusste, wo er sich befand, war das nicht weiter schlimm, aber als es ihm dämmerte und er hinüberlangte auf die andere Seite des Bettes, wo nichts war als ein Berg aus Decken und Kissen, fühlte er sich auf einmal einsam wie ein ungeborenes Kind.

Er setzte sich auf. Sein Herz schlug wild, dazu ein Schwindelgefühl, das erst verschwand, als er sich zwang, ruhiger zu atmen. Nirgendwo eine Spur von Fe, sie saß weder am Schreibtisch noch in dem kleinen Sessel und war auch nicht im Bad. Lambert hockte sich auf die Toilette, nackt, den Kopf auf die Hände gestützt, und versuchte nachzudenken. Ob sie schon beim Frühstück war? Bei den Pferden? Er rieb sich das Gesicht mit Wasser ab, so fest er konnte. Dann ging er zurück, um sich anzuziehen.

Aber da war nichts zum Anziehen. Weder auf dem Schreibtischstuhl, wo er seine Sachen hingelegt hatte, noch im Schrank oder in den Schubladen und nicht einmal unter dem Bett. Es war alles fort. Und nicht nur sein Anzug war verschwunden, auch die Schuhe und seine Tasche waren nirgendwo zu sehen. Nicht einmal eine Unterhose hatte sie ihm gelassen.

Lambert setzte sich aufs Bett und wartete einen Moment, ob sich die ganze Sache womöglich doch noch als Irrtum erweisen würde, wenn er dem Tag nur etwas Zeit gab, den Fehler zu korrigieren. Zeit half oft, wenn man nicht mehr weiterwusste. Er öffnete das Fenster, aber auch draußen war nichts zu sehen. Und die Hoffnung, dass seine Sachen dort herumfliegen würden, war wohl ohnehin vermessen.

Er war verloren, das hatte er im ersten Moment schon begriffen. Es war nicht nur die Scham, nackt auf die Straße zu müssen, er konnte auch nirgendwohin, ohne Geld, ohne Pass, ohne Rückflugticket. Vor allem aber ohne eine Idee, wo er all das wiederfinden könnte. Er würde für den hoffentlich kurzen Rest seines Lebens in diesem Zimmer bleiben müssen.

Im Badezimmer stieß er doch noch auf etwas: Fe hatte ihr kleines Gerät aufladen wollen und im Spiegelschrank den Netzanschluss für Elektrorasierer gefunden. Lambert zog den Stecker, schaltete das Gerät ein und sah zu, wie das Display allmählich zu leuchten begann.

Die Anzeige meldete 32/s und 37,9° C. Kein Grund zur Besorgnis, wenn er Fes Ausführungen richtig verstanden hatte. Solange man davon ausging, dass Fe den Chip wirklich dem Pferd eingesetzt hatte und nicht sich selbst, war sogar der Puls in Ordnung. Nach und nach baute sich eine Landkarte auf. In der Nähe von Mirabel blinkte ein roter Punkt. Dort also war sie.

Es half nichts, er musste hin. Nicht wegen seiner Kleidung, nicht wegen der Papiere. Sondern um zu kapieren, was das mit ihr war. Um sein Leben wieder selbst in die Hand zu nehmen. Und um zu entscheiden, was das alles für ihn bedeutete.

Er hätte die Tagesdecke nehmen können, aber das Fischmuster war wohl doch zu übertrieben. Also kletterte er aufs Fensterbrett und zerrte mühsam die Gardine von der Vorhangstange. Es fehlte nicht viel und er hätte sich dabei aus dem Fenster gestürzt.

Mit etwas Fantasie konnte man sich vorstellen, dass der Mann, der da barfuß und in eine Toga aus bunt bedruckter Baumwolle gehüllt über den Flur eines Montrealer Hotels schlich, ein Römer war, oder zumindest jemand auf dem Weg zu einem Kostümfest »Panem et circenses«. Ein wenig Panem wäre Lambert mittlerweile durchaus recht gewesen. Circenses hatte er genug.

Auch wenn die Hotelrechnung von der Fluggesellschaft übernommen wurde, wäre es Lambert unangenehm gewesen, von der Asiatin an der Rezeption entdeckt zu werden, nach allem, was sie in den letzten vierundzwanzig Stunden miteinander erlebt hatten. Also bückte er sich und schlich auf allen vieren direkt vor ihrem Tresen entlang. Als er direkt unter ihr war, holte er kurz Luft, streckte die Hand mit dem goldenen Schlüssel aus und schob ihn vorsichtig auf den Tresen. Dann rannte er einfach los, durch die Tür und hinaus in die morgendliche Luft, der Vorhangstoff flatterte hinter ihm her. Lambert konnte nur hoffen, dass sie wieder Nachtschicht gehabt hatte, mit etwas Glück hielt sie ihn für eine Täuschung ihrer erschöpften Sinne.

26

Noch ganz außer Atem stützte er sich an der Werbetafel eines Reisebüros ab. Zu seinem Leidwesen ließ sich das Versteckspiel auf der Straße nicht fortsetzen. Es waren zu viele Passanten unterwegs. Also setzte Lambert einen mürrischen Gesichtsausdruck auf und blickte in die Ferne. Er konnte es nicht sehen, aber er spürte, wie die Menschen sich umschauten, sobald sie an ihm vorüber waren.

Auf dem Bürgersteig saß ein Bettler mit seinem Hund und fragte nach Geld. Der Hund hob den Kopf und sah zwischen dem seltsamen Wesen und seinem Herrchen hin und her, dann erhob er sich und folgte Lambert. Vielleicht war es Mitleid, oder er hatte eine Neigung zur Obdachlosigkeit. An der nächsten Ampel schickte Lambert ihn zurück. Als der Hund nicht von seiner Seite wich, trat Lambert ihm leicht auf die Pfote. Unter seinem nackten Fuß fühlte sie sich weich und gummiartig an. Lambert drückte ein wenig stärker, bis der Hund die Pfote hervorzog und nun selbst Lambert seinen weichen Ballen auf den Fuß stellte. So blieb er einen Moment stehen und sah mit angelegtem Schwanz zu Lambert hoch, dann ließ er ab und trollte sich.

Selten hatte sich Lambert so nackt gefühlt, dem Vorhangstoff zum Trotz. Adam hatte damals wenigstens eine Begleitung gehabt. Der Asphalt war kalt an seinen Füßen, und der Wind blies ihm unter den Umhang. Die Autos fuhren langsamer neben ihm. Erstaunt sahen die Fahrer ihn an, wie ein seltenes Tier. Einer kurbelte die Scheibe herunter und fragte, ob er ausgebrochen sei. Lambert schüttelte den Kopf.

Endlich fand er den Busbahnhof. Es waren nicht viele, die Richtung *Saint Sauveur/Parc National* fahren wollten, Lambert wartete, bis alle eingestiegen waren, und stand dann als Letzter vor dem Fahrer. Die Haartolle des Mannes ragte weit über seine Stirn hinaus, Lambert fragte sich, womit er sie in Form hielt – mit Zuckerwasser, Fett oder Schlimmerem. Er überlegte, den überforderten Ausländer zu geben, aber so, wie der Fahrer aussah, würde er ihn ohne Zögern wieder an die Luft setzen. Einen Entlaufenen zu spielen, liefe wohl auf dasselbe hinaus.

Also sagte er, wie es war. Ihm seien die Kleider gestohlen worden, daher der seltsame Aufzug. Er müsse nach Norden. Bedauerlicherweise sei mit dem Anzug auch sein Geld verschwunden, weshalb es ihm, wenn der Herr verstehe, was er meine, nicht möglich sei, regulär zuzusteigen, ob er gegebenenfalls einfach so, als Ausnahme?

»Du bist also eine Ausnahme«, sagte der Mann und sah langsam an ihm herunter. »So siehst du auch aus.« Wie er denn heiße.

»Lambert.«

»Komischer Name. Wie auch immer, heute ist dein Glückstag, Lambert. Mir ist mein Ticketverkäufer ausgefallen. Komm rein.«

Er zeigte auf ein Päckchen, das vor der Windschutzscheibe lag. »Schlüpf hinein, kommt frisch aus der Reinigung.«

Lambert sah sich um. Der Bus war halb voll mit alten Menschen, die ihm gelangweilt dabei zuschauten, wie er das Paket aufriss. Es enthielt eine Garnitur derselben Uniform, die auch der Fahrer trug.

»Wird das noch was? Wir haben schon Verspätung, und im Fahren ist es verboten, sich umzuziehen.«

Lambert gehorchte. Am Ende schob der Fahrer ihm noch ein Paar Strandsandalen zu, offenbar seine eigenen, er selbst fuhr barfuß.

»Danke. Sie sind sehr großherzig.«

»Nun werd nicht gleich sentimental. Kassier lieber die Herrschaften ab.«

Die Arbeit war leicht. Zur Uniform hatte Lambert einen Geldgürtel bekommen, außerdem eine kleine zerknitterte Liste mit den gültigen Fahrpreisen. Er schob sich von Bank zu Bank durch den schwankenden Bus, kontrollierte die Fahrscheine und kassierte nach, wo jemand noch ohne Ticket war. Ein Großvater hatte seine Enkeltochter dabei, also machte Lambert mit dem Wechselgeld einen Münztrick, aber das Mädchen begann nur zu weinen.

Sie hielten selten, weshalb Lambert meist vorne beim Fahrer saß, der unablässig vor sich hin redete, ohne Rücksicht darauf, ob jemand in seiner Nähe war oder nicht.

»Wo wir gerade bei der Wäsche sind«, sagte er, »weißt du, woran man erkennt, ob jemand Stil hat?«

Lambert wusste es nicht.

»Ob jemand Stil hat, erkennt man daran, wie er seine aussortierten Unterhosen wegwirft. Sauber oder dreckig. Ein Gentleman wäscht sie vorher. Ich jedenfalls. Keine große Sache, macht aber den Unterschied. Eindrucksvoll, nicht wahr?«

»In der Tat. Eindrucksvoll.«

»Von mir kann man noch was lernen.« Der Fahrer sah zur Seite, und es dauerte einen Moment, bis Lambert begriff, dass er sein Spiegelbild ansah. Er strich seine Haartolle entlang und schien zufrieden zu sein.

»Woher kommst du, Lamberg?«

»Aus Osnabrück.«

»Wo liegt das?«

»In Norddeutschland.«

»Wusstest du, dass es verboten ist, während der Fahrt mit dem Fahrer zu sprechen?«

Er bremste an einer Einfahrt, in der eine kleine Dame winkte. Ihr Haar war weiß und lockig, und als die Türen mit einem Fauchen aufglitten, sah Lambert, dass es mit einer goldenen Schleife zu einem Pferdeschwanz zusammengebunden war. Furchtbar langsam stieg sie die paar Stufen hinauf, ihr Rücken war so krumm, dass man glauben mochte, sie hätte gar kein Gesicht. Lambert sprang gleich auf, um ihr seinen Platz am Eingang anzubieten. Sie konnte kaum zu ihm aufsehen, aber als sie den Kopf zur Seite drehte, um ihm zu danken, erkannte Lambert, dass sie einen kräftigen weißen Damenbart trug, mit strähnigen Härchen unter der Nase und am Kinn. Sie sah aus wie ein in die Jahre gekommener Folksänger.

Der Busfahrer redete schon wieder. »Eine andere Sache«, sagte er gerade, »eine ganz andere Sache. Das mit den Frauen. Kennst du die Frauen?«

Sofort spielte Lambert alle Möglichkeiten durch. Bis gestern hätte er mit Ja geantwortet, womöglich aus Gewohnheit. Seit heute Morgen aber war jede Sicherheit dahin. Kannte er die Frauen? Er war selbst gespannt, was er gleich antworten würde.

Der Fahrer allerdings nicht. Ohne Zögern fuhr er fort: »Ich verrate dir mal was. Am schlimmsten sind die mit den Büchern. Die Frauen, wenn sie Romane lesen, verlieben sich in die männlichen

Helden. Selbst die verheirateten Frauen.« Er wechselte in einen anderen Gang. »Die Menschen sind schwach. Ganz schwach.«

Dazu konnte Lambert nichts sagen. Abgesehen von seinem neuerdings eingeschränkten Verständnis für Frauen fühlte er sich auch nicht in der Verfassung, Abschließendes zu den Menschen im Allgemeinen zu äußern. Er war kein Held. Schon gar kein Romanheld.

Vor einer Kirche entdeckte Lambert ein riesiges Schild, auf dem in Steckbuchstaben eine Nachricht an die Vorbeireisenden stand: *Zufall ist, wenn Gott unerkannt bleiben möchte.*

Ansonsten habe, sagte der Fahrer, Johnny Cash zu dem Thema, wie man es mit den Frauen aushalte, erschöpfend Auskunft gegeben. Ob Lambert dessen To-do-Liste kenne?

»Nein.«

»Es stehen drei Punkte darauf: *Not smoke. Kiss June. Not kiss anybody else.*«

»Oh.«

»Du sagst Oh, als würdest du sagen: Herr, ich habe gesündigt.«

»Das stimmt nicht. Ich meine: Das habe ich nicht so gesagt.«

»Aber gesündigt hast du?«

»Worauf wollen Sie hinaus, mein Gott?«

»Was hat der damit zu tun?«

»Gott?«

»Genau der.«

»Er … ich weiß nicht. Warum?«

»Lebst du mit Gott?«

Lambert dachte nach. Es schien dem Fahrer auf einmal ernst zu sein. Dann holte er Luft und sagte schnell, um nicht wieder unterbrochen zu werden, und auch, damit sie bei einem etwas weniger heiklen Thema landeten: »Mein Vater ist vor wenigen Tagen gestorben. Ich habe die ganze Zeit nicht geweint, erst als wir in der Kirche saßen. Seitdem versuche ich mir einzureden, dass Gott einfach das Gegenteil des Todes ist. Klingt einfach, ist aber fast unvorstellbar.« Eine Sekunde lang schwiegen sie tatsächlich beide. Dann sprach Lambert langsam weiter: »Wenn man in unserer Sprache das Wort Gott rückwärts liest, steht da Tod. Er ist das Gegenteil.«

Der Fahrer wandte seinen Blick nicht von der Straße, als er antwortete: »Versuch nicht, mich zu verarschen, Lamborg. Ich verstehe genug von der Welt, um zu wissen, dass das nicht stimmt.«

»Aber es könnte sein. Jedenfalls sollte es eine Sprache geben, in der das so ist. Die ideale Sprache.«

»In Amerika heißt Gott von hinten Hund.«

»Die armen Hunde.«

Eine Stunde später hatten sie Saint Jérôme hinter sich gelassen, sie verließen die Transcanadienne und machten einen Bogen über die Dörfer. Die letzten Passagiere stiegen aus, Lambert führte die alte Dame die Stufen hinab. Auf der Straße angekommen, drehte sie sich um und tätschelte ihm wortlos den Arm. Lambert setzte sich in die letzte Reihe, um ein wenig zu schlafen, stattdessen aber saß er einfach da, den Kopf an die Scheibe gelehnt, und sah hinaus.

Das Schwindelgefühl vom Morgen hatte sich noch immer nicht gelegt, und ihm war ein wenig übel, obwohl er seit gestern Abend nichts gegessen hatte und auch keinen Appetit verspürte. Er konnte nicht von sich behaupten, in guter Verfassung zu sein. Vor dem Fenster war der Himmel bis auf einzelne Flugzeuge leer. Wahrscheinlich schaute gerade in diesem Moment dort oben jemand herunter, wie Lambert selbst noch vor Kurzem aus einem Flugzeug hinuntergeschaut hatte. Wenn die Linien sich kreuzen, sind es Straßen, hatte er gedacht. Aber was, wenn sie sich treffen und zusammenbleiben? Könnten es dann nicht ebenso gut Flüsse sein? Oder die Linien einer riesigen Hand?

Sie kamen nach Saint Hippolyte, einer Ortschaft aus wenigen Häusern und einem kleinen asphaltierten Rondell, das mit Tankstelle und Blumenladen offenbar den Marktplatz des Dorfes bildete. Dort hielten sie. Zwischen Zapfsäule und Blumenladen saß ein alter Mann in der Sonne und steckte einen Kranz aus weißen Margeriten. Der Fahrer ließ die Türen auffahren, erhob sich seufzend und stieg aus, Lambert sah ihn zu einem Toilettengebäude gehen. Im schmalen Streifen des Fensters hinter seinem Sitz leuchtete ein Schild, auf dem Lambert die Buchstaben FLOW lesen konnte. Nach einer Weile kam der Fahrer zurück, mit dem gleichen Seufzen nahm er wieder Platz und fuhr langsam an. Lambert las LOWE und gleich darauf nur noch OWER. Niemand war zugestiegen.

Lambert fühlte sich verhext. Hatte sie ihn verzaubert, hatte er in ihr seine Meisterin gefunden? Jetzt ging es darum, einen Gegenzauber zu finden. Zunächst musste er herausfinden, was genau sie ihm weggehext hatte. Den Hunger? Das käme hin. Oder irgendeinen Herzmuskel – seit gestern hörten die Stiche nicht auf, immer wieder ertappte er sich dabei, wie er eine Hand auf die Brust presste, um zu schauen, ob es noch schlug. Die Leute würden ihn noch für Napoleon halten. Wahrscheinlich war es die Seele, die sie ihm geklaut hatte, und nur deshalb irrte er hier so orientierungslos herum. Was auch immer es war: Er wollte es zurück.

Erst jetzt fiel Lambert auf, dass Fe ein Geschenk versprochen, ihm dann aber nichts gegeben hatte. Hatte sie es vergessen, oder war alles, was dann kam, ihr Geschenk gewesen?

Graue Ahornwälder, Wildzäune, einzelne Briefkästen. Allmählich wuchsen die Hügel höher. Sie passierten die nächste Kirche, das nächste Schild: *Bete, bis etwas passiert.*

27

Von Zeit zu Zeit überprüfte Lambert Fes Position. Der blinkende Punkt hatte sich mit gleichbleibender Geschwindigkeit nach Nordwesten bewegt, zwischen Lac Brûlé und Lac Manitou hindurch in Richtung Saint Jovite, nicht weit voraus. Auch Puls und Unterhauttemperatur waren stabil. Es schien ihnen gut zu gehen.

Auf einmal aber blieb der Punkt auf der Stelle stehen. Anfangs hielt Lambert es noch für einen Übertragungsfehler, aber nun stiegen auch die Werte für die Herzfrequenz. Lambert merkte, wie seine Handflächen feucht wurden.

Während die Anzeige in die Höhe sprang – 40, 70, 80 –, blinkte der rote Punkt in aller Ruhe weiter. Unbeirrt von Lamberts Sorgen verharrte er in seinem eigenen Rhythmus und zeigte einfach an, woher die Signale kamen: vom Ortsausgang von Saint Faustin-Lac-Carré. Es blinkte, als wäre ein kleines rot pulsierendes Herz in die Landschaft gefallen. Lambert wünschte sich, dieses Herz zu sein. Er wollte das andere, aufgeregte Herz beruhigen, das so stürmisch schlug. Tränen schossen ihm in die Augen, aus Rührung über seinen eigenen Wunsch. Er zog die Nase hoch. Hinter dem Schleier blinkte es noch immer verschwommen rot. Ein Irrlicht, das nicht aufhörte, ihn zu locken.

Der Bus war inzwischen zurück auf der Transcanadienne, sie würden die Stelle bald erreichen. Von vorne hörte Lambert den Busfahrer vor sich hin reden, aber ihm stand der Sinn nicht nach Gesellschaft. Wenn er die Augen schloss, sah er Fe vor sich, wie sie in ihrem Wagen saß, und die Pferde im Anhänger spielten verrückt, aus welchem Grund auch immer. Im Geiste umgab er sie mit einem Ring aus Zauberern, all die Kollegen, die er gerade getroffen hatte, bildeten einen Kreis um sie, der sie beschützen sollte. Er sah Andrea in ihrem Wohnzimmer auf und ab gehen, er sah seinen Chef, der auf ihn wartete, er sah den tätowierten Cowboy seinem Hut hinterherjagen, und er sah seinen Vater, wie er dalag, mit geschlossenen Lidern, und die Luft anhielt.

Lambert hörte den Fahrer fluchen und schlug die Augen auf. Sie scherten aus, Lambert sprang auf und stürzte zum Fenster. Im Schritttempo fuhren sie an der Unfallstelle vorbei.

Der Anhänger war umgestürzt, das Autowrack lag im Straßengraben, seltsam verzogen. Geborstenes Glas, eine Ölspur, die Motorhaube war aufgesprungen, auch die Türen standen offen, als wollte das Gefährt davonfliegen und bekäme nur nicht genug Schwung, um sich mit seinem Gewicht in die Luft zu erheben.

Niemand war zu sehen.

Die Autos auf der Gegenfahrbahn hupten, weil der Bus beim Ausweichen ihre Seite blockierte. Der Busfahrer schimpfte wie wild, auf die Sonntagsfahrer, die Selbstmörder, die Jugend, die Pferdezüchter, die Frauen. Seine Hupe war lauter als die der anderen, deutlich lauter. Die Autos blendeten ihr Fernlicht auf, und der Busfahrer schaltete die Suchscheinwerfer an, um sie vor dem Weiterfahren zu warnen, ganz langsam schob der Bus sich weiter. Über den Lärm und das Chaos hinweg schrie Lambert den Fahrer an, er solle anhalten, sofort, jemand müsse helfen.

Vielleicht hatte der Mann vergessen, dass jemand bei ihm war, jedenfalls ließ er die Hupe los, verstummte für einen Moment und lenkte vorsichtig zurück auf die rechte Fahrbahn. Dort bremste er, schaltete den Warnblinker ein und fing gleich wieder an zu schimpfen. Was ihm einfalle, er sei sein Angestellter, sein Hilfsangestellter, um genau zu sein. Wann sie anhielten, bestimme immer noch er selbst. Aber da war Lambert schon am Mittelausgang, er legte den Hebel für die Notentriegelung um, schob die Tür zur Seite und sprang hinaus, ins erstbeste Versteck.

Wie still es hier draußen war. Die Autos hatten aufgehört zu hupen, in beide Richtungen staute sich der Verkehr, ganz langsam nur rollten die Wagen an ihnen vorüber, vom Widerschein des Warnblinkers beleuchtet.

Lambert lag flach unter dem Bus, das Kinn auf den Asphalt gepresst, und sah direkt vor sich, wie der Busfahrer auf die Straße trat. Er war noch immer barfuß. Kurz blieb er stehen, dann ging er hinüber zu dem Wrack, besah es sich von allen Seiten, kam dann zurück und umkreiste langsam den Bus: »Lamb! Lambre, Lambertin! Wie heißt du noch mal, und wo steckst du, zum Teufel? Ich will meine verdammte Uniform zurück, du dreckiger Hund! Sind hier denn alle vom Erdboden verschluckt?« Mit voller Wucht trat er gegen einen Reifen. Lambert sah, wie er sich den Fuß hielt und ein paar Hüpfer machte, bevor er fluchend wieder einstieg. Mit einem Fauchen schloss sich die Tür hinter ihm, dann wurde der Warnblinker ausgeschaltet, und der Bus fuhr langsam an.

Lambert drückte sich dichter auf den Boden, über ihm wurde es wieder hell, dann stand er auf und klopfte sich die Uniformhose sauber. Noch bevor der Fahrer ihn im Rückspiegel entdecken konnte, war er hinter dem Wrack im Straßengraben verschwunden. Einen kurzen Blick warf er ins Innere des zerstörten Wagens, aber es war kein Blut zu sehen.

Beim ersten Anblick der Unfallstelle war ihm fast das Herz stehen geblieben, so sicher schien ihm, dass Fe tot sein müsste. Unter dem Bus liegend aber war ihm eingefallen, dass er ja nachschauen konnte, wo sie sich befand.

Ganz langsam hatte sich dort unten im Schatten des Bodenblechs die Karte aufgebaut. Die Ränder des Nationalparks, die gelbe Linie der Transcanadienne, darüber der zackige Lauf der Rivière du Diable, das freie Feld dazwischen und mitten in diesem Niemandsland zwischen Straße und Fluss das vertraute rote Blinken. Dorthin musste er.

28

Nach einer guten Stunde Fußmarsch hatte er sie eingeholt. Wie mühsam es war, in Strandsandalen zu wandern. Lambert schlüpfte hinaus und wischte sich ein paar Steinchen von den Füßen. Dann zog er die Uniformjacke aus. Obwohl er gleichmäßig gegangen war, musste er erst zu Atem kommen. Er krempelte die Hemdsärmel hoch und rieb sich das Gesicht. Wie er zitterte. Noch immer schlug ihm das Herz bis zum Hals.

Sie war dort drüben, hinter den Bäumen, auf der anderen Seite des Flusses, noch konnte sie ihn nicht sehen. Er hielt sich im Schutz einiger junger Buchen mit grellgrünen Trieben, daneben standen drei dürre Birken und eine einzelne Fichte. Über ihm ein strahlender Himmel, jemand hatte die Wolken in kleine Stücke zerrissen. Es musste längst Mittag sein.

Der Fluss war flach, ein schnell schäumender Lauf, in dem einzelne Granitblöcke lagen, von Wasser und Zeit geschliffen. Sie lagerte am Ufer, die Pferde standen bis zu den Knöcheln im Wasser und tranken. Von Zeit zu Zeit schüttelten sie ihre borstigen Mähnen, als wollten sie etwas abwerfen, das sich nicht abwerfen ließ. Fe stand bei den Pferden und wusch ihnen offenbar die Wunden aus. Sie selbst hatte eine Verletzung an der Stirn. Als sie mit den Pferden fertig war, bückte sie sich, um ihre blutverklumpten Haare zu waschen, aber es schmerzte wohl zu sehr. Also wischte sie sich die Strähne aus der Stirn, klopfte den Tieren Hals und Flanken und redete weiter beruhigend auf sie ein.

Es war ein friedliches Bild, wie aus der Zeit der ersten Siedler. Auf einmal wäre Lambert gern ein Ureinwohner gewesen, der mit nichts als einer friedlich erhobenen Hand auf sie zuging, zum Zeichen, dass er nichts Böses im Schilde führte. Was aber führte er denn im Schilde?

Lambert wusste es nicht. Seit diesem Morgen, seitdem er nach der gemeinsamen Nacht aufgewacht war und sich zu seinem Erstaunen allein im Bett befunden hatte, war er Fe einfach hinterhergelaufen, besinnungslos und ohne zu überlegen, was er von ihr wollte. Er wollte, wenn er darüber nachdachte, herausfinden, warum sie ihn ohne ein Wort verlassen hatte. Er wollte seine Sachen zurück, und er wollte wissen, was das war mit ihnen, weshalb er sie einfach nicht aus dem Kopf bekam und warum er das, ihrer wortlosen Flucht zum Trotz, auch gar nicht wünschte. Er hatte keine Ahnung, ob sie ihm eine Antwort darauf geben konnte.

Lambert trat aus dem Schatten der Bäume, der Bach war laut genug, um seine Schritte zu überdecken. Die Wellen blinkten wie ein falsches Versprechen, wie falsche Edelsteine oder das billige Glitterkostüm einer zersägten Jungfrau. Lambert schlüpfte zurück in die Uniformjacke und setzte dann vorsichtig einen Fuß ins Wasser. Es war beißend kalt.

Vielleicht waren die Strandsandalen doch keine so schlechte Lösung, immerhin gaben sie ihm auf den glatten Steinen einigermaßen Halt. Wann immer Lambert seine Arme nicht brauchte, um rudernd Balance zu finden, versuchte er, mit den Händen die Hosenbeine so gut wie möglich aus dem Wasser zu halten.

Erst als er es bis zur Hälfte des Baches geschafft hatte, wo an eine unbemerkte Umkehr nicht mehr zu denken war, hob eines der Pferde langsam den Kopf. Das zweite folgte, sie sahen ihn an, als würde er über das Wasser laufen und nicht hindurch.

Dann schien auch Fe zu bemerken, dass etwas nicht stimmte. Schützend hob sie die Hand gegen das Sonnenlicht und sah zu ihm herüber, der kaum zehn Meter entfernt mitten in der Strömung stand, in seiner lächerlichen Uniform. Allmählich nur ließ sie die Hand wieder sinken, dann drehte sie sich um, und erst jetzt erkannte Lambert, dass sie nicht alleine war.

In ihrem Schatten lehnte, halb von ihr verdeckt, ein Mann an einem Stein. Er schien zu schlafen. Ganz langsam drehte Fe sich wieder zurück zum Fluss und starrte mit offenem Mund auf Lambert.

Einmal schon hatte Lambert sich Fe auf unerklärliche Weise nahe gefühlt, es war kaum einen halben Tag her. Aber ihre damalige Nähe war bei Weitem nicht so verblüffend gewesen wie die jetzige Übereinstimmung – als auch Lambert endlich sah, was sie entsetzte.

Der Mann, der hinter Fe an dem Stein lehnte und mit offenem Mund schlief, war niemand anders als er selbst.

29

So verharrten sie einen Moment, allen dreien stand jetzt der Mund offen. Was zu hören war: das Rauschen des Bachs, das Pochen in Lamberts Ohr, irgendwo in der Ferne ein Flugzeug und das leise Schnarchen dieses anderen Mannes. Fe schloss ihren Mund als Erste, und Lambert war noch immer so perplex, dass er es ihr einfach nachmachte. Er rieb sich die Augen. Wenn das, was er hier sah, wirklich zutraf, musste er einige Annahmen über die Welt gründlich überdenken. Und wenn es sich herumsprach, konnten er und seine Zaubererkollegen einpacken mit ihren Kindertricks.

Der andere Mann schloss seinen Mund erst, als Fe ihn mit dem Fuß anstieß, um ihn zu wecken. Er gähnte, stand auf, rekelte sich und blinzelte dann zu Lambert herüber.

»Na, gefunden?«

»Wie bitte?«

»Ob du uns gefunden hast.«

»Ich könnte nicht behaupten, dich gesucht zu haben. Offen gestanden weiß ich nicht mal, wer du bist.«

»Das könntest du ebenso gut dich selbst fragen.«

»Ich weiß, wer ich bin.«

»Nämlich?«

»Ich heiße Lambert.«

»Guter Name.«

»Und du?«

»Ich auch.«

»Sehr komisch.«

»Der Name? Das sagen manche.«

»Nein, alles andere. Du, ich, das Ganze hier.«

»Hör mal zu, Lambert. Wenn wir beide eines nicht müssen, dann herumreden. Ich weiß, was du denkst, und du weißt, was ich denke. Kürzen wir die Sache ab.«

»Das heißt?«

»Wärest du in der Lage gewesen, zu kapieren, was du willst, hätte ich nicht einspringen müssen. Ich mache das hier für dich. Also für mich, was dasselbe ist. Alles klar?«

Lambert tat, als würde er überlegen, dabei ging seine ganze Konzentration dafür drauf, nicht in Ohnmacht zu fallen. Und sein Herz davor zu bewahren, in Stücke zu springen. Also schwieg er einfach. Der andere schaute ihn an. Lambert fragte sich, ob er selbst auch diese Angewohnheit hatte, die Augen schmal zu machen, wenn er jemanden beobachtete. Er würde darauf achten, wenn er den Kopf dafür frei hatte. Falls sich das jemals wieder ergab.

Er machte ein kratzendes Geräusch. So mussten Maden sich fühlen, wenn man den Stein anhob, unter dem sie sich verborgen gehalten hatten. Die plötzliche Hitze, das Licht und wie schutzlos ihr weißes Fleisch alldem ausgesetzt war.

Der andere sagte: »Stell dich nicht blöder, als du bist.«

Kurz sah Lambert zu Fe hinüber, die sich verkrustetes Blut aus den Haaren zog und so tat, als hörte sie nicht zu. Dann räusperte er sich.

»Warum? Ich meine, wieso kann ich das hier nicht alleine zu Ende bringen.«

»Weil du es nicht tust. Schau dich doch an. Du hättest dich niemals entschieden. Da musste ich es in die Hand nehmen.«

»Kein Grund, sich aufzuspielen. Wenn ich es richtig verstehe, bist du genauso aus Osnabrück wie ich.«

Der andere lächelte. »Nur dass ich nicht mehr dorthin zurückfahre.«

»Aha. Sonst noch Wünsche?«

»Allerdings. Einer davon steht neben uns. Und ich meine nicht die Pferde.«

Der andere stand auf und machte einen Schritt auf Fe zu. Sie kratzte sich mit gesenktem Kopf an der Stirn.

»Hör mal«, sagte Lambert. »Vielleicht lassen wir Fe einfach kurz aus dem Spiel und klären erst mal alles andere.«

»Zum Beispiel?«

»Zum Beispiel, warum ihr zu Fuß unterwegs seid. Zurück zur Natur? Was ist mit dem Auto?«

»Kaputtgegangen, Bremsflüssigkeit. Da sind wir ein bisschen vom Weg abgekommen und haben es stehen lassen. Ich hatte eh den Verdacht, dass du dir die Autonummer gemerkt hast und uns suchen lässt.«

»Immer einen Trick zur Hand. So anders als ich bist du gar nicht.«

»Kein Wunder.«

»Lassen wir das. Wir müssen zurück. Unser Flugzeug geht heute Abend.«

»*Dein* Flugzeug. Geh doch nach Hause. Ich bin nicht dabei. Wir haben noch was zu erledigen.« Er grinste.

»Was suchst du denn noch? Du hattest doch schon alles.«

»Zeit mit ihr, bis zum Überdruss. Ich will nicht nur kosten.«

»Du bist ein Ekel.«

Der andere wies mit dem Arm zur anderen Flussseite. »Niemand hält dich auf.«

»Nichts lieber als das. Aber es geht nicht.«

»Kommst du ohne mich nicht mehr aus?«

Lambert flüsterte fast. »Du weißt genau, was ich meine.«

Der andere schaute zur Seite, einen Moment nur, aber es genügte, damit Lambert wusste, woran er war. Also kannte auch er dieses Gefühl. Den plötzlichen Schwindel, die Angst, das Herzrasen und die Übelkeit.

Der andere stand da, die Arme in die Seiten gestemmt, aus Stolz oder weil er an der gleichen Kurzatmigkeit litt wie Lambert. Er sah zum Himmel, wo es nichts zu sehen gab. Endlich sagte er leise: »Gib mir einfach ein paar Tage.«

»Wie soll das gehen? Was soll ich Andrea sagen?«

»Dir fällt schon was ein.«

30

Fe trat heran und räusperte sich. »Sagt Bescheid, wenn ich irgendwie behilflich sein kann.« Es schmerzte Lambert, dass sie mit ihrer Kopfwunde noch bezaubernder aussah als zuvor. Er hätte sie gerne in den Arm genommen, aber es war nicht der richtige Moment.

»Tu nicht so unschuldig«, sagte der andere. »Um dich geht es doch. Sieht so aus, als müsstest du dich entscheiden, wenn es uns schon nicht gelingt.«

»Gibt es euch denn überhaupt einzeln?«

Lambert fragte: »Findest du das hier alles gar kein bisschen seltsam?«

»O doch, sehr sogar. Aber ich habe beschlossen, mich einfach nicht zu wundern, was das soll. Ich fürchte, wir haben keine andere Wahl.«

»Einverstanden. Dann hätte ich als Erstes gerne mal meine Sachen zurück.«

»Ja, du machst einen ziemlich ... nun, bescheuerten Eindruck«, sagte der andere. Er hatte sich wieder gesetzt und putzte seine Fingernägel.

»Idiot.«

Er sah zu ihm hoch. »Wie du siehst, brauche ich die Anziehsachen selbst – ganz gleich ob es deine oder meine sind. Aber das Telefon kannst du haben, das ist bei Fe, sie sorgt sich wohl, dass ich damit etwas anstelle.«

»Sag nicht, dass du dich bei Andrea gemeldet hast. «

»Doch, hat er«, schaltete Fe sich ein. »Ich zeig's dir. Komm mit.« Sie griff Lambert am Ärmel und nahm ihn mit sich. Wie gut es tat, von ihr gezogen zu werden. Lambert verstand nicht, warum sie nicht einfach zusammen durchbrannten.

Aus Lamberts Tasche und einigen Plastiktüten hatten sie eine Art Satteltasche geknüpft, daraus holte Fe sein Telefon hervor und reichte es ihm. »Sie hat ein paar Mal angerufen, anfangs haben wir schlechte Verbindung gespielt, nachher ist er einfach nicht mehr drangegangen. Irgendwann wurde es ihm zu viel, da hat er die Nachricht geschrieben.«

Lambert sah vor sich hin. »Schlechte Verbindung beschreibt es wohl ganz gut.« Dann nahm er das Telefon und sah die Liste mit den Entwürfen an. Dort stand: *Danke für alles. Ich bleibe hier. Lambert.*

»Er hält das wahrscheinlich sogar für höflich. Vor dem Senden hat er es mir noch mal vorgelesen. Offenbar wollte er mir damit irgendwas beweisen. Oder dir oder sich selbst. Ich habe versucht, es als Witz zu nehmen, aber er meinte es ganz ernst. Da habe ich ihm das Teil weggenommen, die Nachricht war noch nicht draußen.«

»Danke.« Lambert sah sie an, ihre Locken, die Augen, er wollte das alles für sich allein. »Darf ich dich etwas fragen? Was hattest du dagegen, dass er die Nachricht verschickt?«

Fe hockte sich neben die Tasche und stützte den Kopf auf ihre Fäuste. »Ach, es war anders als am Anfang. Nicht dass es mir nicht gefallen hätte. Er hat mich die ganze Zeit angesehen, und ich habe gemerkt: Er will mich wirklich. Gutes Gefühl. Aber er war auf einmal so ungeduldig, er hat sich immerzu umgeschaut, wie ein wildes Tier.«

Lambert setzte sich neben sie. »Ich dachte, du magst wilde Tiere.«

»Gna-gna. Ist unser kleines Haustier eingeschnappt?«

Fe nahm ein Hölzchen und zerbrach es in kleine Stücke, die sie zwischen die Lippen nahm und in hohem Bogen in die Luft blies. »Fühlst du dich ängstlicher als vorher, ohne den Löwen in dir?«

»Nein. Ich fühle mich eigentlich wie immer.« Lambert rieb sich die Augen. »Wobei man vielleicht dazu sagen muss, dass ich noch nie besonders gut darin war.«

»Worin?«

»Mich fühlen.«

»Verstehe.«

»Steckte dieser Trampel und alles, was er verkörpert, vorher tatsächlich in mir? Ist mir nie aufgefallen.«

»Kriegst du ihn wieder in dich rein?«

»Ich muss ihn doch bitte nicht fressen?«

»Nein. Aber irgendwie solltet ihr zueinanderfinden.«

»Sieht nicht so aus, als stünde ihm der Sinn danach.«

»Ich fürchte, du kommst nicht nach Hause, solange er hier ist. Vielleicht tut er dir ja ganz gut. Mich jedenfalls hat er überrascht. Den Unfall hätte er sich sparen können.«

»Er sagte, das Auto sei kaputtgegangen.«

»Quatsch.« Fe verzog den Mund. »Wir hatten Sex.«

Die Frage, ob man auf sich selbst eifersüchtig sein konnte, legte sich als Schlinge um Lamberts Hirn. Er ließ sie unbeantwortet liegen. Stattdessen nahm er auch ein Hölzchen und brach es in immer kleinere Stücke.

»Während der Fahrt?«

»Eigentlich die ganze Zeit. Aber ja, im Auto auch. Er hat angefangen. Es war aufregend – ich hatte den Kopf in seinem Schoß, als er anfing zu schreien. Erst dachte ich, er kommt. Dann lagen wir im Graben.«

»So genau wollte ich es nicht wissen.«

»Er hat einfach losgelacht. Ich mochte das. Wir saßen da vorne, mir tropfte das Blut von der Stirn, und wir haben nur gelacht. Aber dann fingen auf einmal die Pferde an zu brüllen, da bin ich rausgesprungen. Als würde man sie abstechen. So etwas hast du noch nicht gehört.«

»Ich hätte wahrscheinlich gedacht, jetzt bist du es, die kommt.«

»Sehr lustig. Sie lagen auf der Seite und waren vollkommen verstört. Das eine hat sogar versucht, mich zu beißen.«

Fe krempelte ihre Bluse hoch und entblößte einen dunkelroten Bluterguss.

31

Kriege ich noch eine Antwort? Was ist los, warum kommst du später? (08:33)

Muss ich mir Gedanken machen? (10:14)

Um dich oder um mich? (10:26)

Ich hoffe, du hast eine verdammte gute Begründung für alles. Bastian ist kurz davor, dich rauszuschmeißen. (12:57)

Und ich auch. (12:58)

Hallo? (13:11)

Die letzte Nachricht war gerade mal eine halbe Stunde alt. Andrea schien die ganze Nacht wach geblieben zu sein. Lambert war ein paar Schritte in den Bach gegangen, um seine Ruhe zu haben. Er stand auf einem breiten Stein, die Strömung spielte um seine Knöchel und zog an ihm. Aber um ins Wasser zu gehen, war es hier definitiv zu flach.

Er wusste auch nicht, ob Andrea sich Gedanken machen musste. Er selbst jedenfalls machte sich welche, ohne genau sagen zu können, wie sie aussahen.

Das Telefon zeigte sechs verpasste Anrufe an, allein vier von Andrea, dazu hatten sich je einmal

Bastian vom Laden und der Mobilfunkbetreiber gemeldet. Letzterer wahrscheinlich nur, um mal wieder günstigere Tarife zu empfehlen oder das, was sie dafür hielten. Wenn er einen von ihnen hätte zurückrufen müssen, hätte Lambert wahrscheinlich ihn gewählt.

Er brauchte einen Einfall. Einen Ausweg, einen Trick. Es müsste ihm gelingen, den Flugverkehr zu stoppen, das wäre das Leichteste, zumindest wäre es ein verdammt guter Grund für die verzögerte Heimreise. Alles andere daran war weniger leicht. Man müsste den Menschen Angst einjagen, und Angst, das wusste Lambert, hatte man am ehesten vor dem Unsichtbaren, Ungreifbaren, wie damals bei der Radioaktivität, der Psychologie, dem Äther. Wie hatte der Idiot gesagt? Ihm würde schon etwas einfallen.

Nach einer Weile bemerkte Lambert etwas an seinem Knie. Es war eines der Pferde, offenbar hatte es Gefallen an ihm gefunden. Sein Speichel lief ihm auf die Hose, aber darauf kam es jetzt auch nicht mehr an.

»Es holt dich zum Essen«, rief Fe vom Ufer. Ihre Stimme klang so unbeschwert, als wären sie bei einem Picknick.

Als Lambert zurückgewatet war, zeigte sich, dass der andere tatsächlich Fische gefangen hatte, die er über einem Feuerchen briet. Zumindest dazu war er zu gebrauchen.

Fe hatte flache Steine gesammelt, die sie als Teller verwandten. Mit einem Augenaufschlag händigte sie jedem ihrer Gäste einen aus. Wenn es nach Lambert gegangen wäre, hätte es gereicht, die Zartheit der Fische ein einziges Mal zu erwähnen. Der Idiot aber kriegte sich gar nicht mehr ein vor Begeisterung über seinen Fang, über den würzigen Geschmack und dass ihm zu seinem Glück nun nichts mehr fehle. Fe pflichtete ihm in unnötig hingebungsvoller Weise bei. Lambert spuckte eine Gräte aus, aber die beiden nahmen kaum Notiz davon. Sie aßen den Fisch in kleinsten Happen und genossen jeden Bissen, als sei es der Leib des Herrn. Am Ende steckten sie sich die letzten Stücke gegenseitig in den Mund und verdrehten dazu die Augen. Lambert aß schweigend, und schweigend stand er auf, um den Abwasch zu machen.

Er fand Halt auf einem flachen Stein im Fluss und tauchte die Teller in die Wellen. Das Wasser riss die Gräten mit und ließ sie wirbeln wie in einem Totentanz. Die kleinen Skelette zuckten in der Strömung so fröhlich, als wären sie niemals lebendiger gewesen. Dann sanken sie zum Grund.

Auf dem Rückweg pflückte Lambert ein paar Blumen. Was sonst konnte er tun? Fe saß bereits auf ihrem Pferd, als er zurückkam, zwei Schlafsackrollen waren an die selbst gebastelte Satteltasche gebunden. Lambert reichte ihr den Strauß mit einem ironischen Knicks hinauf: »Ich lasse mich doch von dem da nicht abhalten, um dich zu werben.«

»Du spinnst! Wo soll ich damit hin?« In gespielter Verzweiflung hob sie die Hände. »Wenn Männer mal romantisch werden!«

Lambert zuckte mit den Schultern, murmelte »Es gibt Frauen, die sich das wünschen« und verfütterte die Blumen an ihr Pferd. Als er sich umdrehte, um aufzusteigen, nahm der Idiot gerade Anlauf. Mit einem Satz saß er hinter Fe, die Hände auf ihren Hüften. Lambert schüttelte den Kopf.

»Nichts da, Bruder. Mein Platz.« Er zog den anderen am Bein, aber der schlug aus und klammerte sich nur umso fester an Fe. Keuchend riss Lambert an allem, was er erwischte, einem Fuß, der Tasche, einem Mantelteil. Schließlich lagen sie zusammen im Schlamm.

Der andere stand auf und sagte: »Sieh mal einer an. So viel Einsatz hätte ich dir gar nicht zugetraut.« Dann hielt er Lambert die Hand hin und half ihm aufzustehen.

Fe saß noch immer auf dem Pferd. Die Aufgabe sei doch trivial, ob sie das bitte zur Kenntnis nehmen wollten. Sie hätten nun einmal ein Pferd zu wenig. Gleichzeitig sei offenbar keinem von ihnen zuzumuten, den anderen bei ihr sitzen zu sehen.

Es gebe genau eine Lösung für das Dilemma. Wer sie finde, bekomme einen Kuss.

Knurrend kletterten die beiden Lamberts auf das zweite Pferd. Ob sich in der Art, wie sie in schweigender Übereinstimmung auf den ausgelobten Preis verzichteten, eine Verbrüderung andeutete?

Eher nicht. Kaum dass sie losgeritten waren, pikste und knuffte der eine den anderen. Der hinten Sitzende beschwerte sich, der Vordere nehme ihm die Sicht, der Vordere monierte, der Hintermann solle ihn nicht betatschen. Außerdem habe er schlechten Atem. Es war ein Elend. Mehrmals musste Fe damit drohen, sie beide an Ort und Stelle auszuwildern. Aber erst als das Pferd zu bocken begann und seine Reiter um ein Haar abgeworfen hätte, stellten sie ihre Kämpfchen ein.

Die kleine Reisegesellschaft erreichte eine Landstraße, an der sie entlangritten. Was für ein lächerlicher, trostloser Haufen sie waren. Lambert in seiner übergroßen Busfahreruniform und den Strandsandalen, sein Lookalike vor ihm hatte den guten Nadelstreifenanzug in einer Weise zuschanden getragen, dass er aussah wie ein Landstreicher, der noch immer vorgab, ehrenwertes Mitglied der Gesellschaft zu sein. Die Einzige, die halbwegs zivil daherkam, war Fe, was aber auch daran liegen mochte, dass sie alleine auf ihrem Pferd saß.

Lambert sah ihre Arme, ihren aufrechten Rücken, und wie ihr Po im Takt mit dem Schritt des Pferdes hin und her schaukelte. Dort hinter ihr hätte er sitzen mögen, an sie gelehnt, das Gesicht in ihrem Nacken vergraben. Stattdessen saß er hinter einem dahergelaufenen Idioten.

Lambert fiel ein, dass es noch etwas zu klären gab. Und wirklich hatte er hier ausreichend Empfang, um einen Anruf zu machen. Gerade als das Freizeichen kam, fing der Idiot vorne so laut an zu pfeifen, dass Lambert sein eigenes Wort kaum verstand.

»Sei bitte mal still.«

»Was?«, fragte Kathy.

Der Idiot pfiff unbeirrt weiter. Er hätte in einem Konzertsaal auftreten können, so laut war er.

Aus weiter Ferne hörte Lambert: »Hallo, wer ist denn da bitte?«

»Einen Moment, Kathy. Hier ist Lambert. Sorry, ich meinte nicht dich. Hör doch mal auf!« Er nahm das Telefon zwischen die Zähne und presste dem Idioten seine freie Hand auf den Mund. Dann nahm er das Telefon wieder ans Ohr und ritt freihändig weiter, wobei er mit den Beinen den Leib des Pferdes umklammerte, um nicht hinunterzufallen.

»Und komm bloß nicht auf die Idee, mich zu beißen, sonst ziehe ich dich an den Haaren. Kathy, das galt wieder nicht dir. Ich habe hier nur ein kleines Problem.«

Lambert merkte, dass der Idiot den Mund öffnete. Wenn er ihn biss, würde er ihm das Telefon über den Schädel schlagen. Aber er streckte nur seine Zunge heraus und leckte ihm über die Handfläche, was Lambert schlimmer erschien als jeder Biss. Er quiekte auf, dann griff er sich die Lippen des Vordermanns und kniff sie ihm zu.

»Lambert? Was ist los? Wer ist denn bei dir?«

»Das wäre jetzt zu kompliziert. Hör zu, Kathy, ich hatte doch noch was gut bei dir. Könntest du mir einen Gefallen tun?«

»Mit Vergnügen, wenn es dir irgendwie hilft.«

Nachdem Lambert aufgelegt hatte, drehte sich der Idiot um und entschuldigte sich grinsend für sein Pfeifen, er sei nur auf einmal so fröhlich darüber gewesen, an der frischen Luft zu sein.

Lambert antwortete nicht. Zehn Minuten später kam Kathys Nachricht mit allem, was er brauchte. Sie hatte im Luftverkehrskontrollzentrum Violas Nachnamen erfragt und anschließend keine Mühe gehabt, ihre Telefonnummer in Chicoutimi herauszufinden.

32

»Wer spricht?«

»Sascha, bist du das?«

»Ich muss noch einmal fragen, wer spricht.«

»Entschuldige, ich bin's, Lambert. Wir haben neulich im Flugzeug nebeneinandergesessen. Irland, die Notlandung, erinnerst du dich?«

»Das weiße Pferd.«

»Ja, das war ich. Ist deine Mutter auch da?«

»Viola ist leider im Krankenhaus.«

»O Gott. Was ist passiert?«

»Das soll ich nicht sagen.«

»Verstehe. Ich hoffe, es ist nichts Schlimmes.«

»Sie hat mein Geschwisterchen verloren.«

»Ach nein, das tut mir leid.«

»Mir auch.« Eine Weile blieb es still im Hörer. Lambert wusste nicht, ob Sascha weinte, aber das Zittern ihrer Stimme konnte auch eine Folge der schwachen Verbindung sein. Das Pferd schnaubte. Vielleicht vermisste es seinen Gefährten, mit dem Fe vorgeritten war, um für einen Moment ihre Ruhe zu haben.

»Ist denn sonst jemand in deiner Nähe, vielleicht dein Vater?«

»Der ist bei ihr. Aber er kommt heute Abend her. Soll ich etwas ausrichten?«

Lambert merkte, dass er die ganze Zeit das borstige Fell des Pferdes kraulte. Es schien das Tier nicht zu stören. Er drehte sich zur Seite, damit der Idiot schlechter lauschen konnte, und presste das Telefon dicht an seinen Mund. Dann flüsterte er: »Sag mal, Sascha, ich habe eine Bitte.«

»Ich höre.«

Was für eine Freude aufgeweckte Kinder waren. Sascha brauchte keine fünf Minuten, um sich in das Netzwerk der Luftsicherheit einzuloggen, wobei ihr der gelbe Klebezettel am Monitor half, auf dem Viola ihr Kennwort notiert hatte. Der Idiot blieb zum Glück ruhig, obwohl er von Zeit zu Zeit spöttisch mit dem Hinterteil wackelte.

Eine weitere Viertelstunde brauchten Sascha und Lambert, um gemeinsam die wichtigsten Codes herauszufinden, dann hatten sie eine Botschaft abgesetzt: BIRD SIGMET I VALID ASH OBS AND FCST N OF N50 MOV SE 20 KT INTSF. Etwaige Fehler in der Grammatik mochten der Dringlichkeit der Situation geschuldet sein.

Dies war der erste Teil der Aufgabe. Man würde die Warnung rasch weiterleiten, alles andere wäre fahrlässig. Hoffentlich erfolgte die Verbreitung so schnell, dass es bald nicht mehr möglich war, die Nachricht auf ihre Quelle zurückzuführen. Um das zu erreichen, musste ein wenig Durcheinander gestiftet werden, öffentlicher Druck würde dabei helfen.

Sie verließen die Landstraße und ritten in ein Ahornwäldchen. Lambert diktierte Sascha eine kurze Mitteilung, die sie über die Funktion *Pressemeldung* an den eingespeicherten Verteiler aus Wetterdiensten und Agenturen schickte. Die Nachricht enthielt im Wesentlichen die Worte Gefahr, Bedrohung und Furcht in verschiedenen Variationen. Vor dem Abschicken bat er Sascha noch, das Bild eines Flugzeugs zu suchen.

»Okay, welcher Typ?« Sie war wirklich unbezahlbar.

»Egal. Hauptsache, man sieht die Düse.«

»Ich habe hier eine Boeing. Findest du nicht auch immer, dass das nach einem Flummi klingt?«

»Perfekt, das hängst du bitte an und schreibst darunter: ›Von Kleinstpartikeln zerstörtes Triebwerk.‹«

»Aber es ist doch gar nicht zerstört.«

»Macht nichts. Sie werden es glauben. Den Rest denkt man sich dazu.«

»Verstehe.«

Er buchstabierte Sascha das Wort »Kleinstpartikel«, dankte ihr überschwänglich und legte auf.

Dann steckte er sein Telefon weg, hob die Arme zum Himmel und stieß einen kleinen Schrei aus.

Ihr Pferd begann zu wiehern, der Idiot drehte sich erschrocken um, und auch Fe, die auf sie gewartet hatte, ritt heran, um zu fragen, ob alles in Ordnung sei.

Es war nur ein Versuch, aber immerhin. Lambert hoffte einfach, dass sein Plan aufgehen würde. Er wartete eine halbe Stunde, dann schrieb er Andrea eine Nachricht. *Du wirst davon gelesen haben. Hier ist vollkommenes Chaos. Ich fliege zurück, sobald sich wieder etwas bewegt.* Zumindest der mittlere Satz traf zu.

33

Allmählich begann es zu dämmern. In der Ferne entdeckte Lambert die Umrisse eines Mannes, der am Wegrand stand, ohne sich zu rühren. Beim Näherkommen entpuppte er sich als Schild. *Les Laurentides. Sie betreten die ältesten Berge der Welt.*

Schweigend ritten sie weiter. Nach einer Weile fragte Lambert, warum man auf Wildpferden eigentlich reiten könne.

Fe warf ihm einen abschätzigen Blick zu.

»Was ihr euch für Vorstellungen von ›wild‹ macht. Es gibt keine ursprüngliche Wildheit mehr. Diese Pferde leben seit vielen Generationen mit dem Menschen, dahinter können weder sie noch wir zurück.«

»Und warum läuft unser Pferd immer hinten?«

»Przewalski-Pferde leben nicht monogam. Jeder Hengst hat einen kleinen Harem. Dem allerdings ist er treu.«

»Interessant«, sagte der Idiot.

Fe lächelte ihn an. »Das sind zwei, drei Stuten, manchmal auch fünf oder sechs, dazu ihre Fohlen. Wenn sie unterwegs sind, geht der Hengst am Ende. Er kontrolliert, dass alle gut mitkommen, und sichert die Gruppe nach hinten ab.«

»Und das sind in diesem Fall also wir?«

»Ja. Ihr beiden macht hier den Hengst.«

Der Weg wurde schmaler, und die Bäume griffen mit ihren Ästen nach ihnen. Immer wieder musste Lambert sich ducken. Wenn ein Zweig über ihre Köpfe strich oder sie vom Rücken des Pferdes zu heben versuchte, hielt Lambert sich an seinem Vordermann fest. Irgendwann ließ er die Hände auf dessen Hüften liegen. Nach einer Weile sagte Fe: »Ursprünglich war das hier auch als Harem geplant. Ein Hengst, zwei Stuten, die Minimalkombination. Anders wäre an ein sinnvolles Auswildern nicht zu denken gewesen.«

»Und dann?«, fragten die Lamberts.

»Ach.« Fe klopfte ihrem Pferd den Hals. »Als ich am Flughafen die Kiste öffnete, war eines nicht mehr am Leben. Ich glaube nicht, dass die beiden es totgetreten haben, auch wenn im ersten Moment alles danach aussah. Wahrscheinlich hat es die Belastung des Fluges nicht überlebt, und die beiden anderen sind einfach in Panik geraten, weil es sich nicht mehr bewegte. Sie müssen in der engen Kiste durchgedreht sein.«

Es sah aus, als würde Fe weinen. Lambert hätte einiges dafür gegeben, mit ihr auf dem Pferd zu sitzen und die Arme um sie zu legen. Stattdessen saß er hier hinter einer gestörten Ausgabe seiner selbst, die niemand auf der Welt brauchte und die schon gar niemand umarmen wollte. Von Fe womöglich abgesehen, aus unerklärlichen Gründen.

»Ich hatte unglaubliche Scherereien. Durch einen dummen Zufall hatte ich die Papiere schon unterschrieben und musste mich erst ein paar Stunden mit der Flughafenverwaltung streiten, bis alles geklärt war. Den Leichnam behielten sie da. Seuchenschutz.«

»Deswegen warst du so still, als wir uns getroffen haben.«

»Ja. Und nur deswegen haben wir uns überhaupt getroffen.«

Lambert stieß seinen Vordermann an. »Hörst du? Du warst zwar eigentlich vorgesehen, aber inzwischen gibt es dich gar nicht mehr. Es ist kein Platz für drei.« Von vorne kam nur ein knurrendes Lachen. »Wer sagt denn, dass *ich* zu viel bin?« Er tat, als wollte er dem Pferd die Sporen geben, trat aber Lambert gegen das Schienbein. Der ließ sich nichts anmerken: »Jede Dreiecksgeschichte ist eine Variante von Maria, Josef und dem Heiligen Geist. Der Geist bist in diesem Fall du. Fahr zum Himmel.«

»Das wollte ich dir gerade vorschlagen, in entgegengesetzter Richtung.«

»Was wir hier jetzt machen, ist jedenfalls aus der Not geboren«, fuhr Fe von drüben fort. »Niemand weiß, wie es ausgeht. Ich bitte darum, den Erfolg der Sache nicht durch kindisches Betragen zu gefährden.«

Lambert nickte kaum merklich, aber es sah ohnehin keiner zu ihm.

Sie ritten querfeldein. Birken, junger Ahorn mit leuchtend grünem Blattwerk, manchmal Nadelbäume. Fe präzisierte: Gelbbirke, Rotahorn, Balsamtanne. Es war gut, jemanden dabeizuhaben, der alles besser wusste, auch wenn Lambert einer von der Sorte genügt hätte. Der Idiot bestand darauf, dass es sich um Zuckerahorn handelte. Auf dem Höhepunkt des kleinen Disputs ließ er sich vom Pferderücken hinunter auf den Boden gleiten, pflückte eines der Blätter und kaute darauf herum, als ob sein entzückter Ausruf »Süß, sie schmecken ein wenig süß!« irgendjemanden überzeugen würde. Lambert hätte am liebsten Reißaus genommen.

Der Boden Granit, staubig und rau wie die Kruste eines zu lange gebackenen Brotes. Aus den Rissen winkte der Frühling und hoffte, jemand würde ihn bemerken. Fe zeigte ihnen Küchenschellen, Märzenbecher, Huflattich.

Ihr kleiner Treck begegnete keiner Menschenseele. Sie steckten zwischen den Jahreszeiten. Die Wintersaison war vorbei, der Sommer hatte noch nicht begonnen. Hier und da letzte Altschneefelder, die den Einzug des Frühjahrs verpasst hatten und nun unschlüssig waren, was von ihnen erwartet wurde. Wer nah vorüberritt, hörte es leise tropfen.

Ansonsten nichts als kalte Luft, überhängende Zweige, blanker Stein. Nur in den Windungen der kleinen Bachläufe lagerte Sand und glitzerte im Sonnenlicht, dass man nach Gold hätte suchen wollen.

Manchmal ein Baumhörnchen, das erschrocken ihren Weg kreuzte, manchmal, weit über ihnen, eine einsame Lerche. Ihr unaufhörlicher Gesang, es ließ sich nicht entscheiden, ob es Jubel war oder Alarm.

Die einzigen Spuren der Menschheit waren die liebevoll geschnitzten Wegweiser des Fitnessparcours. Sie zeigten die Entfernung zu den Höhepunkten des Nationalparks an, dazu jeweils die Zahl der Kalorien, die man bis dorthin verlor. *Lac des Femmes, Rivière du Diable, Lac Lynch*. Fe entschied sich für den höchsten Berg, der dem Park seinen Namen gegeben hatte: *Mont Tremblant*.

Ab jetzt ging es aufwärts. Der harte Untergrund machte den Pferden zu schaffen, es war wohl nicht ganz das, was sie aus der Steppe gewohnt waren. Nach einer Weile erreichten sie die Talstation eines Sessellifts, ein verwittertes Schild teilte mit, dass die Betreiber des Skiparadieses sich bereits auf die Wiedereröffnung am Jahresende freuten.

Sie folgten der Trasse bergan. Alle hundert Meter ein Stützpfeiler, die Füße in rohem Beton, wie eben erst in die Landschaft gegossen, die Wellen waren so jäh erstarrt, als wäre alles noch ganz flüssig und könnte jeden Moment in die Luft schießen wie frische Lava. Die Piste trug den schönen Namen *Émotion*.

Ab und an, wenn es allzu steil wurde, scheute eines der Tiere, dann murmelte Fe in ihrer Pferdesprache irgendwelche Zauberworte, und sie trotteten schnaubend weiter. Lambert nutzte die Momente, um sich umzuschauen. Die Luft klar und kalt, der Ausblick nahm einem den Atem, nichts als Wälder und Hügel, die in der Ferne blasser wurden, fast durchsichtig, als wäre es ein Verschwindetrick. Wie die Erinnerung, dachte Lambert. Wie die Liebe.

Neben der Bergstation gab es ein kleines Panoramarestaurant, das ebenfalls geschlossen war. Der Idiot verschaffte ihnen Zutritt.

34

Das Restaurant war schön (historische Fotos der Region, ein nahezu echter Kristallleuchter, der Ausblick), hatte aber einen Nachteil: Es gab nichts zu essen. Zu dritt zogen sie durch Küche und Vorratsräume, aber der ganze Komplex erwies sich als verwaist, und bis auf eine halb leere Schale Margarine war nichts zu finden. Der Idiot schlug vor, Ahornblätter zu sammeln und daraus Sirup zu kochen, aber Fe brachte ihn zum Schweigen.

Im Untergeschoss endlich stießen sie zwischen einigen Skigestellen auf einen vergitterten Eisautomaten. Fe sammelte ein, was ihnen an Münzgeld blieb, und stellte erfreut fest, dass es für eine Schachtel Eiskonfekt reichen würde. Auf unerklärliche Weise jedoch rechnete das Gerät anders und forderte mehr. Lambert drückte auf Rückgabe, um die Sache noch einmal zu versuchen, doch der Automat zog das Geld mit lautem Rasseln ein und stellte sich anschließend taub. Der Idiot beschuldigte Lambert, ausländische Münzen eingeworfen zu haben, der aber wehrte sich mit dem Hinweis, dass ihm dank der Umstände gar nichts geblieben sei, was er hätte beisteuern können, woraufhin der andere ihn einen Schnorrer nannte.

Fast wäre es in dem schummerigen Gang zum Kampf gekommen. Lambert lehnte an einem Pantoffelschrank, von dem er sich jetzt abstieß, um auf den Idioten loszugehen. Der saß auf einem der langen Bänkchen, auf denen man sich im Winter wohl die Skischuhe auszog. Wie er da unten im Halbschatten hockte, sah es aus, als würde er grinsen. Gerade als Lambert bei ihm war, gab es einen Knall – Lambert drehte sich um und sah Fe, die auf einem Fuß hüpfte und sich den anderen hielt. Sie habe, stieß sie im Hüpfen hervor, das Geld wieder herauszubekommen versucht. Der Idiot sprang auf und trat jetzt selbst gegen den Automaten, im Wechsel mit Fe. Nach einer Weile ging auch Lambert zu ihnen und beteiligte sich an der Attacke. Aber es rührte sich nichts.

Sie setzten sich in die Liegesessel vor der Panoramaaussicht und ließen die angebrochene Margarine kreisen. Durch die Fensteröffnung zog kalte Luft herein, der Idiot hatte mit einem Ast das halbe Glas herausgeschlagen. Fe machte ihm Vorwürfe, man hätte doch auch feinfühliger hereinkommen können. Aber der Kerl zuckte nur mit den Schultern und leckte seinen Margarinefinger ab. Er habe nichts zu verlieren. Wahrscheinlich seien sie ihm wegen des Unfallwagens ohnehin auf den Fersen.

Er drehte lächelnd den Kopf: »Und für eine gute Mahlzeit wäre ich zu jedem Verbrechen bereit.«

Allmählich wurde es dunkel. Während Fe die Pferde versorgte, stellten die Männer ihre Sessel zu Liegen zusammen und rollten die Schlafsäcke darauf aus. Fe wusch sich am Spülbecken der Bar, und Lambert zerriss es das Herz, ihren nackten Oberkörper zu sehen und nicht zu ihr zu dürfen. Aus den Augenwinkeln schaute er zum Idioten, der es sich unter einer Tischdecke gemütlich gemacht hatte und ebenso sehnsüchtig zu Fe hinüberstarrte. Als sie zurückkam, gab sie jedem von ihnen einen Kuss auf die Stirn und legte sich mit einem »Behaltet bloß eure Hände bei euch« zwischen sie.

Lambert konnte nicht sagen, wie viel Zeit er damit zubrachte, mit dem Memorieren von Gedächtnistricks den Schlaf zu bezwingen, um dem Idioten keine Gelegenheit zu Intimitäten mit Fe zu geben. Wahrscheinlich ging es dem anderen ebenso. Vom offenen Fenster her strich ein kalter Luftzug über sie hinweg. War es wirklich erst eine Nacht her, dass Fe und er zusammen gewesen waren? War das noch immer dieselbe Fe, war er noch immer derselbe Lambert? Wenn er den Kopf zur Seite drehte, stieß er an Fes Schulter. Er konnte sie riechen und verging fast vor Verlangen. Warum hatte er in der Nacht zuvor nicht bemerkt, dass ihr Hals nach Brot roch? Wahrscheinlich war es einfach der Hunger, der ihm eingab, sie könne nach dem weichen Inneren von frisch gebackenem Weißbrot riechen, noch dampfend, wie eben mit den Händen auseinandergerissen. Lambert musste schlucken und hoffte, sie würde es nicht bemerken.

Irgendwann endlich hörte er, wie hinter ihr der Atem des anderen regelmäßiger wurde und endlich in ein leises Schnarchen wechselte. Was für ein Trottel.

Lambert öffnete die Augen.

Fe lag im zarten Widerschein der Notausgangbeleuchtung und lächelte. Sie hatte sich mit ihrem Schlafsack zugedeckt, über den Rand des Kopfteils sah sie ihn an.

Ihre Augen glommen schwarz wie ein Neumond, dessen Oberfläche neben dem Schimmer einer ersten Mondsichel kaum zu erkennen war, nur eine Spur leuchtender als die dahinterliegende Nacht.

Lambert wollte etwas sagen, aber Fe legte ihm den Finger auf den Mund.

Ihre Hände fanden sich von ganz allein, wie kleine, neugierige Tiere. Sie gaben sich Mühe, leise zu sein. Nur die falschen Gläser des Leuchters klirrten kaum hörbar im Wind.

35

Andrea bekam die Nachricht am späten Vormittag. Sie spielte mit Beatrix Federball, an der Wiese am Fluss. Mitte April, zum ersten Mal lag in der Luft eine Ahnung von dem Glück, das der Sommer bringen würde. Die Sonne stand nicht hoch, aber vom Wasser her zog ein warmer Hauch über sie hinweg wie aus einer anderen Welt. Nach wenigen Ballwechseln hatte sich Andrea den Pullover über den Kopf gezogen und im Unterhemd weitergespielt.

Es war nicht leicht, zwischen den Schlägen ein Gespräch zu führen, aber sie war noch immer so verärgert über Lamberts Schweigen, dass sie Beatrix fast ununterbrochen ausmalte, was ihn erwartete, wenn er es jemals wagen sollte, wieder nach Hause zu kommen. Sie habe die halbe Nacht damit zugebracht, ihm Nachrichten zu schicken.

Vor Kurzem musste eine Schafherde hier gewesen sein, am Stacheldraht des Zauns, der die Wiese zum Fluss hin begrenzte, flatterte ihre Wolle im Licht. Der Versuch, nicht in ihre Hinterlassenschaften zu treten, erhöhte den Schwierigkeitsgrad des Spiels erheblich.

Beatrix schwieg, bis sie schließlich, als Andrea vor Wut und Erschöpfung schon kaum einen Ball mehr erreichte, auf einmal sagte: »Es überrascht mich nicht.«

Andrea sah den Federball kommen, er flog direkt auf sie zu. Es wäre leicht gewesen, einen Ausfallschritt zu machen und ihn mit dem Schläger zu erwischen, aber sie holte nicht aus und bewegte sich auch nicht von der Stelle, sodass der Federball am Ende mit einem trockenen Ploppen auf ihrem Brustkorb landete. Es tat nicht einmal weh. Ohne hinzuschauen griff sie mit der freien Hand danach, sie spürte das feste Halbrund des Kopfes und den knautschigen, durchlöcherten Plastiktrichter, der die Flugbahn des Balls führen und begrenzen sollte.

»Was hast du gesagt?«

Lambert habe, sagte Beatrix, diese seltsame Eigenart, auf einmal in sich zu verschwinden. Sie habe ihn in letzter Zeit immer wieder so gesehen: Er lächele einem zu, sei aber schon gar nicht mehr richtig da. »Weißt du nicht, was ich meine?«

Doch, das wusste sie.

Als führte er tief in seinem Inneren ein anderes Leben. So jedenfalls kam es Andrea vor, wenn er ihr wieder einmal entglitt. Wenn sie unter anderen Menschen waren, auf einem Konzert oder einem Fest, immer häufiger aber auch mit ihr allein, am Frühstückstisch, bei ihren Spaziergängen, beim

Sex. Das immer gleiche Bild, wenn sie ihn ansah: Mit zusammengekniffenen Augenbrauen sah er ins Leere, die Schultern hochgezogen, ganz leicht nur, aber es ließ ihn angestrengt aussehen. Es hatte sie traurig gemacht, ihn so zu sehen, weil sie wusste, dass sie ihn dort, wo er war, nicht erreichte. Ein großer Vogel, der brütend auf seinem Gelege saß, dem Treiben der Welt enthoben. Wenn sie ihn fragte, ob etwas mit ihm sei, erschrak er und schüttelte den Kopf, aber es sah nicht aus, als würde er ihre Frage verneinen, sondern als versuchte er sich von etwas zu befreien, einem Gedanken, einer Stimmung, einem Alb – sie wusste es ja nicht. Anfangs hatte Andrea geglaubt, er habe Geheimnisse vor ihr und fühle sich ertappt. Sie hatte versucht, ihm Brücken zu bauen, er könne ihr erzählen, wenn es da jemanden gebe. Sie sei kein eifersüchtiger Mensch. Wenn sie zusammen schliefen, hatte sie geflüstert, er dürfe ruhig an die andere denken. Aber er schien selbst nicht zu wissen, was mit ihm war.

Sie hatte ihn gefragt, ob es die Sorge um seinen Vater sei, die lange, aussichtslose Krankheit und womöglich schon der Gedanke, nun der Nächste in der Reihe zu sein. Er hatte vor sich hin geschaut, und nach einer Weile hatte sie die Frage noch einmal wiederholt. Lambert hatte gelächelt, er habe sie durchaus gehört. Er kenne nur die Antwort nicht.

Als Andrea verschwitzt zu ihrer Tasche ging, um etwas zu trinken, leuchtete im Dunkel ihres Durcheinanders das Telefon. Sie holte es heraus, wie so oft in den letzten Tagen. Diesmal hatte er sich tatsächlich gemeldet.

Sie zeigte Beatrix die Nachricht und fragte, ob sie eine Ahnung habe, was damit gemeint sein könnte. Beatrix hatte es mittags im Radio gehört und zeigte mit dem Finger nach oben.

»Fällt dir was auf?«

»Nein.«

»Was siehst du?«

»Nichts.«

»Nichts?«

»Keine Wolken, keine Vögel, kein gar nichts. Nicht einmal ein Flugzeug.«

»Eben.«

»Sag schon. Was ist da?«

»Asche. Nicht zu sehen, aber überall. Aus einem Vulkan. Sie haben den gesamten Luftverkehr unterbrochen.«

36

Die Pferde standen bis zu den Knöcheln in den Sternen. Ab und an nahm eines von ihnen einen Schluck. Es war mitten in der Nacht, es war kalt, und es war dunkel. Der Hunger wurde jetzt deutlich. Das Knattern eines Hubschraubers hatte sie geweckt. Gerade als Lambert sich auf die andere Seite hatte drehen wollen, war der Idiot aufgestanden und hatte an ihnen gerüttelt, wozu er mit gepresster Stimme hervorstieß, sie müssten sofort verschwinden. Lambert verstand nicht, warum er flüsterte. Damit die Besatzung des Hubschraubers ihn nicht hörte? Wohl kaum.

Sie hatten alles stehen und liegen gelassen und waren durch das zerbrochene Fenster hinaus in die Nacht geklettert. Geduckt war der Idiot zu den Pferden geschlichen und hatte sie losgebunden. Es war das erste Mal, dass er sich um die Tiere kümmerte.

Der Hubschrauber hatte tatsächlich weit oben über dem Hotel gestanden, schwankend und klein, als würde er im nächsten Moment auf sie hinabstürzen. Lambert fiel die Lerche ein, die sie am Vorabend gesehen hatten. Fe war mit zu den

Pferden gegangen, Lambert hatte sehen können, wie sie dem Idioten etwas ins Ohr sagte, wie sie lachten. Dann winkten sie ihn zu sich, es gehe los.

Am Halfter hatten sie die Pferde durchs Unterholz geführt, über Stock und Stein bis hinunter an den See, wo sie sich in Sicherheit fühlten. Nach einer Weile war der Hubschrauber abgedreht, aber der Idiot machte weiter auf Drama und gab vor, noch immer ein schlechtes Gefühl zu haben. Er schlug vor, den Rest der Nacht hier unten zu bleiben, man könne nie wissen. Fe hatte die Pferde ans flache Wasser des Ufersaums geführt, wo sie unschlüssig standen. Von Zeit zu Zeit bückte eines von ihnen sich gemächlich hinab, tauchte seine Schnauze ins Wasser und erschütterte die Spiegelung des nächtlichen Firmaments.

Am Ufer gab es ein kleines Sandstück. Lambert breitete seine Busfahrerjacke aus und nahm Platz, nach einer Weile hockten sich die beiden anderen mit dazu, zu beiden Seiten von Fe.

Wenn einem von ihnen der Magen knurrte, sagten die anderen »Pscht« oder »Einfach nicht dran denken«. Der Idiot meinte, draußen auf dem See einen Teller treiben zu sehen, und erkannte darauf sogar ein Steak. Nur mit Mühe konnte Fe ihn davon abhalten, hinauszuschwimmen.

So saßen sie, dicht aneinandergedrängt gegen die Kälte, und warteten ab, dass die Erde sie zurückdrehte ins Licht.

»Was machen wir morgen?«

Fe hatte ihren Kopf auf die Schulter des Idioten gelegt, der sie ansah, als wollte er sie essen.

Lambert sagte: »Andrea hat geantwortet. Sie drückt die Daumen, dass bald wieder etwas fliegt. Und wünscht mir Glück.«

»Das wünsche ich mir auch«, sagte der Idiot.

Fe hob den Kopf. »Was meint sie damit? Hast du gezaubert?«

»So etwas in der Art.«

Jetzt hob auch der Idiot den Kopf. Wie schwerfällig er immer wirkte. Von der Seite war sein Doppelkinn nicht zu übersehen. Sah Lambert im Profil auch so aus?

Der Idiot sagte: »Heißt das, wir haben Zeit gewonnen?«

»Wenn du so willst.«

»Dann werden diese Dame und ich bei Tagesanbruch zu einer kleinen Tour aufbrechen. Wir nehmen die Pferde mit. Gib uns ein, zwei Tage.«

»Und dann?«

»Dann sehen wir weiter.«

»Du redest dich raus.«

»Und du kannst nichts dagegen tun.«

»Fe, was sagst du dazu?«

Sie zog nur die Schultern hoch und lächelte verschmitzt. Lambert dachte nach, ob ihm ein Ausweg blieb, aber wie sollte er sich selbst etwas abschlagen? Offenbar hatte er verloren.

Bald kam die Dämmerung. Fe fand heraus, dass die beschilderte Langlaufloipe *Volonté* am Ufer entlangführte, der wollten sie folgen. Die beiden stiegen auf die Pferde, Fe warf Lambert eine Kusshand zu, was ihn auf eine bittere Weise freute. Dann warf auch der Idiot ihm eine Kusshand zu, worauf Lambert ihn am liebsten vom Pferd geholt hätte. Aber da waren die beiden schon hinter einer Böschung verschwunden, lachend.

Lambert blieb am Ufer sitzen. Das Licht nahm zu, es kam jetzt von allen Seiten. Was für einen weiten Weg es hinter sich hatte, bevor es hier zu ihm ins Tal fiel. Nur um sich am Ende in diesen See zu stürzen. Und dann gelang ihm das nicht einmal, das Wasser warf es zurück, und das Licht verschwand wieder im All, ohne irgendeine Spur hinterlassen zu haben.

Lambert zog seine Jacke an. Ohne die anderen war es wirklich kalt. Auf dem Wasser zeigte sich nicht eine einzige Welle. Es wäre gut gewesen, etwas zu essen zu haben.

In der Ferne bellte kein Hund.

37

In der Jackentasche fand er das Gerät wieder. Eine Zeit lang folgte er dem Weg des rot blinkenden Punktes, der dicht am Ufer den See umkreiste. Dann schaltete er es wieder ab. Sollten sie tun, wonach ihnen der Sinn stand.

Ihm fiel ein, was er in der Nacht geträumt hatte.

Wie er zu Hause die Wohnungstür aufschloss und alles wiedererkannte: das gewohnte Durcheinander aus Schuhen und Taschen, den Geruch ihres Zusammenlebens, die eng gehängten Bilder an der Wand – Reproduktionen alter Meister, russische Ikonen und Andreas eigene verwirrende Gemälde. Das Licht brannte. Er wollte ihren Namen rufen, Andrea!, aber es war zu still dafür in der Wohnung. Er fand sie im Bett, mit glasigen Augen sah sie ihn an, eine leere Packung Schlaftabletten neben sich, sie hatte den Mund noch voll davon. Im Traum war es verboten, die Hände zu benutzen. Ihm blieb keine andere Möglichkeit, als ihr die Tabletten einzeln von den Lippen zu küssen, eine nach der anderen. Und jede machte ihn, bevor er sie zur Seite ausspucken konnte, selbst immer müder und müder, aber er durfte nicht nachlassen, er musste wach bleiben, bis sie gerettet war.

Lambert stand auf, hüpfte ein wenig auf der Stelle und schlug sich die Arme um den Leib. Er lief ein paar Schritte am Ufer auf und ab und pflückte einige Gräser, aber sie schmeckten bitter und waren womöglich giftig. War das die Wildnis, von der alle immer sprachen?

Vor einer Weile hatte Andrea tatsächlich eine Zeit gehabt, in der es ihr nicht gut ging. Kein Grauen, kein Unheil, aber auf einmal verlor sie das Zutrauen in die Ordnung der Welt. Weil es keinen äußeren Anlass gab, hatte Lambert der seltsamen Auflösung ohne Antwort zugesehen. Es erschreckte ihn, sie so zu erleben, hilfebedürftig und jähzornig zugleich, empfindlich, launisch, schwach. Damals hatte sie gerade einen heiligen Sebastian bearbeitet, für eine Kirchengemeinde aus dem Münsterland befreite sie das Bild von den Spuren der Zeit. Eines Mittags rief sie Lambert aus der Werkstatt an. Vielleicht seien es die Lösungsmittel, vielleicht sei es diese immer gleiche Bewegung beim Säubern, vielleicht auch einfach das Übermaß an Heiligkeit, dem sie ausgesetzt sei, dieser Blick, mit dem Sebastian seine Wunden ertrug. Auf alle Fälle gehe es nicht weiter, sie könne nicht mehr. Und jeden Pfeil, den sie unter dem Firnis hervorhole, spüre sie im eigenen Fleisch.

Lambert hatte sie abgeholt. Zu Hause wollte er ihr etwas Gutes tun und setzte einen Topf Spaghetti auf. Andrea hockte vor ihrem Teller und stocherte so vorsichtig in den Nudeln, als wohnte darin ein kleines Lebewesen. Lambert war eingefallen, dass man, wenn es einem schlecht ging, Tee trinken sollte. Auf die Schnelle hatte er mit dem restlichen Nudelwasser einen Früchtetee aufgegossen, den Andrea so wenig anrührte wie das Essen. Lambert hatte in der Kirche angerufen und dem Pastor erklärt, dass jemand anders seinen Sebastian unter dem Dreck hervorholen müsse. Das Schweigen des Gottesmanns und wie er endlich hervorpresste, ihn frage auch keiner, wie es ihm gehe. Lambert hatte bald aufgelegt.

In den folgenden Wochen redeten sie wenig. Wenn Andrea zum Rauchen auf den Balkon ging, stellte Lambert sich neben sie, damit der Abgrund sie nicht verführte. Wenn sie im Bett um sich schlug, legte er sich hinter sie und hielt ihre Arme, ohne ein Wort zu sagen. Mehr konnte er nicht tun. In seinen schlaflosen Nächten fragte er sich, warum es ihm nicht gelang, ihr eine Hilfe zu sein.

Als dann Lamberts Vater im Sterben lag, hatte sie gesagt, jetzt sei es wohl an ihr zu helfen, und zum ersten Mal hatte er verstanden, dass er offenbar doch zu irgendetwas nütze gewesen war.

Mittlerweile ging die Sonne auf. Nicht anders, als sie es seit Jahrmillionen tat. Niemand hielt die Erde in ihrem Kreisen auf, also drehte sie sich weiter. Dass der Übergang von Tag und Nacht von hier unten so scharf wirkte, war Zufall, eine subjektive Überhöhung seiner Situation. Es hatte sich so ergeben, dass er gerade jetzt gerade hier stand, im Übergang von Schatten und Licht, warum sollte man in die Knie gehen, nur weil man im Angesicht ihres Gleißens, beim Spiel ihrer Farben die Lippen zusammenpresste. Ein Himmelskörper wurde sichtbar, mehr nicht, alles andere war Poesie. Einige Äußerlichkeiten veränderten sich, die Temperatur, die Beleuchtung, der Wind kam jetzt vom See, das war es auch schon. Wie viel leichter alles wäre, ohne die Empfindungen dabei.

Wie ging das eigentlich, das Sterben? Einmal in ihrer schweren Zeit hatte Andrea ihr Zimmer verlassen und war zu ihm in die Küche gekommen. Lambert war gerade dabei gewesen, ein Ei zu trennen, für den Pudding, den es später geben sollte. Er hatte sie hinter sich gespürt und gleichzeitig auf der Rückseite der Packung gelesen, was zu tun war: das Abmessen, das Anrühren, das Aufkochen. Sie hatte ihm zugesehen und nach einer Weile einen Artikel auf die Arbeitsplatte gelegt, in dem, wie Lambert der Überschrift entnahm, mögliche Todesarten beschrieben waren.

Das Geräusch des Schneebesens laut, aber nicht so laut, dass es unmöglich gewesen wäre zu reden. Dennoch hatte er nichts gesagt, und nach einer Weile war sie schweigend verschwunden. Während er den Eischnee unterhob, hatte er den Artikel gelesen. Sie hatten nie ein Wort darüber verloren, und bald hatte sie sich ohnehin wieder gefangen.

Was er noch in Erinnerung hatte: Vor dem Ertrinken würde man eine knappe Minute strampeln. Man schnappte nach Luft und machte mit den Armen eine Bewegung, als kletterte man auf einer Leiter in die Höhe. Aber es gab keine Leiter, und niemand stieg irgendwo hinauf. Was stattdessen geschah: Man ging unter.

Einmal unter Wasser, würde er die Luft anhalten. Je nachdem, wie gut ihm das gelang, schenkte es einige Sekunden Leben. Einige sinnlose Sekunden. Dann würde er den ersten Schluck Wasser nehmen, sich verschlucken, husten und dabei weitere Flüssigkeit einatmen. Ein scharfes Brennen in der Brust, wenn das Wasser die Luftröhre hinunterrann, dann verschloss sich die Luftröhre, ein Reflex. Der Gasaustausch in der Lunge käme zum Erliegen, auf einmal ein unerwartet beglückendes Gefühl von Ruhe. Alle Bewegungen fänden ein Ende, und bald darauf folgte die Bewusstlosigkeit, aus der es kein Erwachen gab.

Der Abdruck von Zähnen in seiner Hand. Hatte er die ganze Zeit hineingebissen? Lambert sah hinaus aufs Wasser und versuchte sich in Erinnerung zu rufen, wo Andrea auf der Beerdigung seines Vaters gewesen war. Hatte sie überhaupt teilgenommen?

Es brauchte einen Moment, bis ihm dämmerte, dass sie die ganze Zeit neben ihm gestanden hatte, dicht untergehakt, er war wohl einfach mit den Gedanken nicht richtig da gewesen.

Dann stand er auf und klopfte sich den Sand von der Hose. Es führte kein Weg daran vorbei: Er wollte zurück.

Man konnte nicht auf jedes Pferd aufspringen, das vorbeitrabte. Er konnte nicht bei dieser Frau bleiben, nur weil sie neu war. Sie hatten sich durch einen Zufall kennengelernt, na und? Warum sollte das ein Fingerzeig Gottes sein? Schließlich hatte er Andrea auch durch einen Zufall getroffen: ein Regenguss, eine Abtei. Da hätte er ebenso gut bei Viola bleiben können, immerhin war er mit ihr zusammen abgestürzt. Oder bei jeder anderen Frau, die ihm je begegnet war. Er wollte sich nicht auswildern, er glaubte nicht an die Folklore der Freiheit. Er wollte zurück, ohne sagen zu können, ob er zu Andrea wollte oder zu sich selbst, und ob das überhaupt ein Unterschied war. Lambert schöpfte einen Schluck Wasser, dann machte er sich auf den Weg um den See.

38

Erst war der Puls in die Höhe gegangen, bis auf hundertsechzig, hundertachtzig Schläge in der Minute, und dann mit einem Mal abgefallen, bis jedes Anzeichen einer Herztätigkeit erlosch. Das Blinken dagegen war seit dem letzten Nachschauen ortsfest geblieben: in einer Bucht am Nordende des Sees. Nun stiegen auf einmal die Werte der Unterhauttemperatur. Irgendetwas stimmte da drüben ganz und gar nicht.

Den schmalen Streifen Sandstrand hatte Lambert hinter sich gelassen. Jetzt kämpfte er sich durch den dichten Bewuchs am Ufer wie eine Kopflaus durch eine Hochsteckfrisur. Die Loipe war längst abgebogen in ein anderes Tal. Eng gedrängt standen hier die glatten grauen Stämme, zwischen denen überall neue Sprösslinge darum stritten, wer von ihnen es einmal nach oben schaffen würde. Und in jeder verbleibenden Lücke wucherte ein zähes, dorniges Kraut, das Lambert die nackten Knöchel zerschnitt. Er war nur froh, dass seine Uniformhose ihn vor Schlimmerem bewahrte. Es war ein Wunder, dass es Fe und dem anderen gelungen war, hier hindurchzugelangen. Die Pferde mussten vollkommen erschöpft sein.

An dieses Stück des Ufers war die Sonne noch nicht gekommen, aber durch die Zweige fiel das Licht eines klaren Himmels. Es würde ein schöner Tag werden.

Ab und an warf Lambert einen Blick auf die Anzeige.

52° C

78° C

Gesund war das nicht.

Der Puls zeigte jetzt durchgehend null, Lambert rüttelte an dem Gerät, aber wahrscheinlich hätte man eher an dem Gegenstück auf der anderen Seite rütteln müssen.

96° C

121° C

164° C

Lambert lehnte sich an einen Baumstamm, um zu Atem zu kommen und in Ruhe zu überlegen, was die Zahlen bedeuten mochten. Er hatte das seltsame Gefühl, sie erzählten ihm eine Geschichte, aber es war zu laut in seinem Kopf, um die Geschichte zu verstehen.

Lambert verstaute das Gerät in der Innentasche seiner Uniformjacke, vielleicht war es besser, eine Zeit lang nicht mehr darauf zu schauen.

Die Wunden an seinen Füßen schmerzten so sehr, dass Lambert nicht gleich bemerkte, als er eine Sandale verlor. Er kehrte um und suchte humpelnd und fluchend danach, irgendein Dornenzweig musste sie ihm vom Fuß gestreift haben. Dann sah er ein, dass die Sandale überall hätte liegen können, was in diesem Fall gleichbedeutend mit nirgendwo war. Also lief er weiter und ließ auch das Humpeln bald sein, es verbesserte nichts.

Bald lichtete sich der Wald, und auch das Land öffnete sich. Das grüngrau geschachtelte Durcheinander von Bergen und Tälern, Hängen, Graten und Stürzen, als hätte jemand seine Skizze einer Landschaft verworfen und zusammengeknüllt liegen gelassen.

Hinter sich in der Ferne erkannte Lambert die Bergstation, wo sie am Vorabend gewesen waren. Im Gegenlicht schimmerten vor einer schmalen Reihe Wolken die Kabel des Skilifts.

39

Fe erwachte vom Brandgeruch.

Es roch gut. In ihrem Schlafsack war es kalt, und noch immer hatte sie Hunger. Zu ihrer Verblüffung wusste sie gleich, wo sie sich befand. Tatsächlich hatte ihr knurrender Magen sie vor einer Weile schon einmal geweckt, im ersten, nachtblauen Licht. Der kalte Himmel und der kalte See hatten einander gespiegelt, ohne dass sich sagen ließ, wer zuerst da gewesen war. Die fast unbeweglich grasenden Pferde, der dumpfe Pulsschlag in ihren Ohren und das leise Schnauben des Mannes neben ihr, mehr hatte es nicht gegeben. Wie seine Augäpfel rollten im Schlaf. Sie mochte, wie ungestüm er war, und wunderte sich zugleich, wie gut ihr das gefiel. Wie lange ging so etwas gut? Sie hatte ihn angesehen, sein nach allen Seiten abstehendes Haar, die weichen Wangen. So hatte sie dagelegen, den Kopf auf die Hände gestützt, während der Himmel langsam durchsichtig wurde. Ihr war eingefallen, dass sie sich fragen könnte, was sie hier tat. Aber bevor sie dazu kam, waren ihr die Augen wieder zugefallen.

Jetzt aber war alles anders. Die Sonne war noch nicht aufgegangen, aber es war hell, dazu der fremde, würzige Geruch. Es roch lecker. Er hatte ein Feuer gemacht, drüben am See, in den Schlafsack gewickelt, saß er davor, sein schwarzer Rücken unbeweglich vor den zuckenden Flammen, vor der von Hitze flirrenden Luft. Fe hob den Kopf, sie konnte die Stute sehen, die hinter einem umgestürzten Baumstamm stand und mit dem Kopf schlug, als wedelte sie Fliegen fort.

Dann sah sie den Hengst.

Zum Teil lag er am Boden, auf den Kieseln am Ufer, Brust und Schulter offen, blutüberströmt, der Hals überstreckt, die großen, schwarzen, leeren Augen weit geöffnet, mit gebleckten Zähnen.

Zum kleineren Teil steckte er an einem Ast, den dieser Kerl in aller Ruhe über das Feuer hielt.

Kurz schloss Fe die Augen, dann schlüpfte sie leise aus dem Schlafsack. Sie stopfte ihre Sachen zurück in die Tasche und schlich hinüber zur Stute.

Przewalski-Pferde sind niedriger gewachsen als domestizierte Arten und besitzen ein zusätzliches Chromosomenpaar. Sie können, als Erbe ihrer nahezu unbeeinflussten Herkunftslinie, außerordentlich aggressiv werden, schon die Mähne fällt nicht zur Seite, sondern steht primitiv und rau in die Höhe. Während in der Zucht von Hauspferden alle Anstrengung darauf zielte, die Elemente Wut und Ungestüm im Tier zu schwächen, ist das Wildpferd diesen Eigenschaften nach wie vor unmittelbar ausgesetzt.

Haben sie einmal entschieden, dass jemand ihr Feind ist, sind sie kaum mehr zu halten. Was auch bedeutet: Ist es einem erst gelungen, sie gezielt in Rage zu bringen, bleibt kaum noch etwas zu tun. Fe packte leise ihre Sachen und saß auf. Dann ritt sie zum Feuer.

Die Stute roch an ihrem Gefährten und dann an dem Mann. Die Tiere verstehen rasch, wer ihnen Böses will. Als er sich umsah, war es längst zu spät. Er ließ sich zur Seite fallen und zog seinen Schlafsack über den Kopf, offenbar im Versuch, sich tot zu stellen. So schwach hatte Fe ihn noch nicht erlebt. Er dachte wohl, wenn er das Tier und seine Reiterin nicht provozierte, würden sie ihn in Ruhe lassen. Oder Fe hielte ihr Pferd zurück. Ein Irrtum, nicht nur, weil es nicht möglich gewesen wäre, das Tier zu stoppen.

Przewalski-Pferde kämpfen nicht gerne, aber wenn es ihnen notwendig erscheint, entwickeln sie eine verblüffende Wirksamkeit. Sie legen die Ohren an, senken den Hals und umschleichen den Gegner mit entblößtem Gebiss. Fe wunderte sich, wie lange das dauerte. Fast schien es, als würde die Stute ihren Auftritt genießen. Oder sie zögerte, weil der Mann unter seinem Schlafsack keine Anstalten machte, sich zu wehren. Vielleicht war es auch einfach Teil des Spiels.

Die Tiere sind stämmig, die Hufe hart vom Leben in der Steppe, die kräftigen, muskulösen Beine erlauben harte Attacken mit den Vorderhufen, die die Pferde unmittelbar nach dem Auftreffen wieder zurückziehen, um erneut in Stellung zu gehen.

Der eigentliche Kampf war eine rasche Abfolge von Tritten, Bissen und erneuten Tritten. Fe wurde so durchgeschüttelt, dass sie kaum begriff, was geschah. Der Schlafsack jedenfalls war, das ließ sich auch durch ihre halb zusammengekniffenen Augen kaum übersehen, nicht mehr zu gebrauchen.

40

Wenn man lange genug darauf schaute, verwandelten sich die Hügel in schlafende Monster. Die Rückenpanzer waren aus Fels gefertigt, die Borsten aus Holz, die in allen Grüntönen glänzenden Schuppen hatte jemand in übermenschlicher Fleißarbeit aus lauter Blattwerk zusammengesetzt. Lambert malte sich aus, wie die Riesen allmählich zum Leben erwachten.

Noch immer saß er am Ufer, Arme und Kopf auf die Knie gestützt. Wie wenig hier geschah, kein Vogel am Himmel, keine Wolke, kein Flugzeug. Hatte Gott für seine Schöpfung vorgesehen, hier so ereignislos herumzudämmern? Woran sollte man merken, ob die Zeit verging? Verging sie überhaupt?

Nur ab und zu war über das Wasser her ein entferntes Plätschern zu hören. Wenn Lambert den Kopf hob, war nichts mehr davon zu sehen. Schwer zu sagen, ob es ein schnappender Fisch gewesen war, die Schwanzflosse eines Seeungeheuers oder ein kleiner, hineinstürzender Meteorit.

Ein Telefonat musste er noch machen.

»Ist deine Mutter jetzt da?«

»Nein, diesmal ist sie im See.«

»Im See?«

»Schwimmen.«

»Sag ihr einen Gruß. Ich denke an sie. Nachher fliege ich wieder zurück.«

»Danke. Es geht uns schon besser.«

»Das freut mich. Mir geht es auch besser, seit du mir gestern geholfen hast.«

»Gern geschehen. Übrigens …«

»Ja?«

»Eine Sache, weil wir doch fast zusammen gestorben wären. Meine Lehrerin hat gesagt, Treppensteigen ist gesund. Jede Stufe verlängert das Leben um sechs Sekunden.«

»Und?«

Eine lange, nachdenkliche Pause. Lambert dachte schon, die Verbindung sei unterbrochen, dann sagte Sascha aus weiter Ferne: »Wenn ich zehn Stufen in der Minute schaffe, bin ich unsterblich.«

»Das wünsche ich dir.«

Nach einer guten Stunde hörte Lambert das Geräusch herannahender Hufe. Er spürte es eher, als dass es wirklich zu hören war, das Trampeln schien direkt aus der Erde zu kommen. Allmählich wurde es lauter, begleitet vom Surren streifender

Äste, dann ritt Fe zu ihm heran ans Ufer. Sie stieg nicht ab. Lambert sah zu ihr hinauf und fragte:

»Wo ist er?«

»Weg.«

Das Pferd war außer Atem, das Fell verschwitzt, es riss das Maul auf. Fe klopfte ihm den Hals.

Lambert zögerte mit seiner Antwort. »Das ist nicht dein Ernst. Ich kann ohne ihn nicht zurück.«

»Er ist ganz weg.«

»Ganz?«

»Ja, ganz.«

»Wie, ganz?«

»Er hat das Pferd getötet.«

Lambert warf einen Stein ins Wasser. Wieder dieses Geräusch. Immerhin wusste er diesmal, woran es lag.

»Was ist passiert?«

»Er hat es gegessen.« Fe verzog das Gesicht zu einer seltsamen Fratze. »Als ich schlief. Hunger hatten wir beide, aber er hat es einfach gemacht. Er hat sich ein Stück herausgeschnitten und es am Feuer gebraten.«

»Nein.«

»Doch. Als ich aufwachte, fing er gerade an zu essen. Mit Blick aufs Wasser, in seinen Schlafsack gehüllt. Es sah romantisch aus.«

»Und dann?«

»Erinnerst du dich, was der Cowboy gesagt hat, als wir zum Rauchen vor dem Restaurant standen?

You touch my hat, I scratch your face. Wer meine Pferde anrührt, bekommt es mit mir zu tun. Ich habe ihn getötet.«

»Du hast ihn – aus Rache?«

»Lass uns kein Drama daraus machen. Wir wussten doch alle, dass es nur einer von euch schafft.«

»Es gibt ihn nicht mehr?«

»Davon würde ich ausgehen. War ein ziemliches Schlamassel. Ich habe einfach alles so gelassen, wie es war, und bin hergeritten.«

Während Fe sich im See wusch, beruhigte Lambert das Pferd. Er striegelte sein Fell und zeigte ihm eine Stelle mit frischem Gras, wo er es an einen Stamm band. Wenn sie noch länger so weitermachten, hatten sie es bald gezähmt.

Und er selbst? Er hatte Pferde nie gemocht, aber dieses hier würde er vermissen, wie manches andere auch. Sein Herz schien wieder im Takt zu sein, was sich ungeheuer beruhigend anfühlte. Es war eine andere Sorte Schmerz, die er jetzt spürte, eine andere Art von Reißen, die ihm weniger Sorgen bereitete, weil er Abschiede kannte. Er würde sich lösen und freimachen. Schlimmstenfalls wie eines der wilden Pferde aus dem Eisen. Es würde wehtun, und ein Stückchen Leben bliebe hängen, aber das Hauptstück wäre doch wieder heraus, man musste nur zusehen, dass man nicht verblutete. Lambert pflückte ein paar Halme und hielt sie dem Pferd hin. Es kitzelte, als ihm der nasse Schleim auf die Hand tropfte, aber darauf kam es jetzt auch nicht mehr an.

»Man nennt es Mehlmaul, weil es so weiß ist.« Er hatte Fe nicht kommen gehört. Ihre Haare waren nass, das Wasser tropfte auf ihr T-Shirt, sie schien es nicht zu bemerken.

»Sie haben ein besonderes Gen, das es so hell macht. Siehst du, um die Augen ist es auch ganz hell. Und am Bauch und hier an den Innenseiten der Beine.«

»Reine Biologie, mal wieder?«

»Ja, wie alles. Es ist wohl dasselbe Gen wie beim Lichtfuchs.«

»Lichtfuchs? Den hast du dir ausgedacht. Oder kommt der aus einem Märchen?«

»Das ist ein braunes Pferd mit heller Mähne. Und hier«, sie zeigte auf die schwarze Linie im Fell über der Wirbelsäule, »ist der Aalstrich. Und hier das Schulterkreuz.«

»Warum hast du mir das alles nicht schon früher gezeigt?«

»Wir waren noch nie allein mit den Pferden. Ich könnte dir noch vieles beibringen.«

»Ich fürchte, ich habe schon genug gelernt.«

»Nämlich?«

»Erinnerst du dich an den Schwanz der Eidechse? Vielleicht habe ich mich nur geteilt, um die Aufmerksamkeit einer Verfolgerin auf das zweite Stück zu lenken.«

»Damit du selbst flüchten kannst.«

»Mag sein. Hat es gezappelt?«

»Kann man wohl sagen.«

Dann saßen sie wieder nebeneinander am Ufer. Fe zog ihr nasses T-Shirt aus und wickelte es sich um den Kopf, um die Haare zu trocknen. Der See war noch immer glatt wie die Oberfläche einer riesigen Kristallkugel. Warum nur saß man mit Fe immerzu am Wasser?

Lambert nahm den nächsten Stein und warf ihn mit aller Kraft in die Luft, so hoch er konnte. Er hätte ihn gern in eine Umlaufbahn um die Erde geschickt. Aber es half nichts, kein Ätherrauschen, kein Verschwinden, keine zerbrechenden Sphärenkuppeln. Der Stein kam einfach wieder zurück. Ein paar Meter vom Ufer entfernt ver schwand er mit kaum hörbarem Schnalzen im Wasser. Um die Stelle, wo er versunken war, breiteten sich kreisrunde Wellen aus, die rasch größer wurden.

»Sieht aus wie eine Zielscheibe.« Fe bückte sich nach einem Kiesel und warf ihn hinterher. Wie bestürzend anmutig ihr Arm sich in der Bewegung streckte. Wieder sahen sie zu, wie der Stein in die Höhe stieg, langsamer wurde, in der Luft stehen zu bleiben schien, dann zu sinken begann und genau in der Mitte der Wasserringe einschlug.

Eine neue Folge von Wellen breitete sich aus und erreichte mit einem kleinen Schwappen das Ufer.

»Oder nein, keine Zielscheibe.«

»Sondern?«

»Das sind Jahresringe.«

Lambert sah sie an. Ein seltsames Gefühl kroch seinen Rücken hinauf.

»Von einem Wasserbaum? Könnte sein. Ja, du hast recht. Das ist es. Wir sitzen einfach hier und sehen zu, wie die Jahre vergehen.«

»O Gott, wir haben alle Zeit der Welt. Wir machen sie uns einfach selbst.«

»Und ... was fangen wir damit an?«

Fe sah ihm in die Augen und zuckte mit den Schultern. Wie schön sie war. Sie hob einen neuen Stein auf. Dann warf wieder Lambert, dann wieder Fe. So hielten sie die Zeit in Gang.

»Wie schnell die Jahre vergehen.«

»Furchtbar schnell.«

»Was machen wir, wenn wir alt sind?«

Lambert sah sie an. Er versuchte sich das alles zu merken, um es für immer in Erinnerung zu behalten: das Labyrinth ihrer Locken, das Schwarz in ihren Augen, als wäre dort immer noch Nacht, ihren Mund, der mal ängstlich aussah und mal zu lächeln schien, ohne dass ihre

Lippen sich bewegten, das unerklärliche Muster ihrer Leberflecke – im Geist versuchte Lambert die Punkte zu verbinden, aber es fügte sich zu keinem Bild.

Er sagte: »Dann fliege ich zurück.«

Fe holte weit aus, zielte in die Luft und warf den nächsten Stein. »Es ist gut, dass du dich entschieden hast.«

»Ich werde dich nicht vergessen. Wenn ich die Augen schließe, sehe ich ein rotes Blinken. Das verrät mir, wo du bist.«

»Und den Puls siehst du auch?«

»Und die Unterhauttemperatur.«

»Wie kommst du zum Flughafen?«

»Was weiß ich. Zu Fuß. Oder mit einem dieser seltsamen Busse. Das schaffe ich schon. Es hat noch ein bisschen Zeit.«

»Du kannst mit mir reiten. Wenn du willst. Ich muss ohnehin in die Richtung.«

Irgendwann rückte Lambert näher an sie heran und legte den Kopf an ihren.

Einige Jahresringe später drehte sie sich zu ihm und legte die Beine über seine Knie. Sie sahen sich an, aber keiner sagte ein Wort. Im Wasser vergingen die Jahre. Manchmal öffnete Fe den Mund und schloss ihn dann wieder. Von Zeit zu Zeit nahm einer von ihnen einen Stein und warf ihn hinauf in die Luft. Sie sahen zu, wie er emporschoss in den klaren Himmel, wie er langsamer wurde, verharrte, wie er kehrtmachte, fiel und hinunterstürzte aufs Wasser, wo in unerhörter Geschwindigkeit die Zeit verging.

FSC
www.fsc.org
MIX
Papier aus verantwortungsvollen Quellen
FSC® C014889

Verlagsgruppe Random House FSC® N001967
Das für dieses Buch verwendete FSC®-zertifizierte Papier *EOS* liefert Salzer, St. Pölten.

2. Auflage 2013

Gesetzt aus der Scala
Druck und Bindung: Pustet, Regensburg
Printed in Germany
ISBN 978-3-421-04606-2

www.dva.de

Jo Lendle

Die Kosmonautin

Roman • 192 Seiten, gebunden • ISBN 978-3-421-04343-6

Hella ist auf dem Weg zum Mond. Ihr Weg führt sie durch die unendliche zentralasiatische Weite, durch Länder, die alles brauchen, aber keine Raumfahrt. Kilometer für Kilometer entfernt sie sich von einem Leben, das ihr nichts mehr bedeutet, und von der Erinnerung an ihren Sohn, der die Sterne liebte und dessen größter Wunsch es war, dem Weltall ein Stückchen näher zu kommen.

»Ein sehr feines, sehr poetisches Romandebüt. Der Autor hat sein fernes Ziel unter dem Beifall von uns auch manchmal zu den Sternen hochschauenden Lesern erreicht: einen Roman zu schreiben, der trotz seines fernliegenden spektakulären, radikal-romantischen Reiseziels mit leichtem Gepäck auskommt. Wirklich atemberaubend.« *Die Welt*

DVA
www.dva.de